七菜なな
插畫／Parum
男女之間存在純友情嗎？
不，不存在！
Flag 2.
不然乾脆真的跟我交往好了？
U0075677
Kadokawa
Fantastic Novels

明明就跟平常一樣作為「摯友」跟她互動，
犬塚日葵
Himari Inuzuka
悠宇從國中時代到現在的摯友。兩人經歷第一次大吵架之後，因為太晚萌生的初戀情愫而動搖。是三兄妹中排行老么的長女。

但總覺得好像有哪裡不太對勁……
夏目悠宇
Yu Natsume
日葵從國中時代到現在的摯友。以成為花卉飾品創作者為目標，是四姊弟中排行老么的長男。

「別擔心。就算現實生活中不再是處男，也不能說是真的從處男身分畢業。」
「我真的聽不懂你在說什麼耶！」
犬塚雲雀
Hibari Inuzuka
犬塚家次男，是個怪人帥哥。

榎本凜音
Rion Enomoto
跟悠宇是彼此的初戀對象，也是酷酷的黑髮同學。
「欸嘿嘿。」
「我沒說過要是弄哭日葵，
就會殺了你嗎……？」
「……」
夏目咲良
Sakura Natsume
夏目家三女，是個有點缺憾的美人。
夏目

「我可沒說不能看喔。」

「小悠。我之前就覺得
『你對我好像有什麼誤會』。」

contents

Kadokawa Fantastic Novels
七菜なな
插畫／Parum
男女之間存在純友情嗎？
不，不存在！
Flag 2.
不然乾脆真的跟我交往好了？

◆◆◆◆◆

Prologue——續・兩朵花

我從小就喜歡美麗的東西。

像是在雨停之後散發閃耀光輝的彩虹、描寫少年們友情的青春電影之類……或是小學生時深深吸引我的那些花。

想種出漂亮的花，不是只要澆水就好。要給花肥料、好的種植環境，以及滿滿的心意。如此一來，很不可思議地，就會開出更漂亮的花。實際上也有研究結果指出，對花說些美麗的詞藻，花就能種得很漂亮。

總有一天，我要是自己開店了，就想用自己種的花來製作飾品。

因為花卉飾品就是將我這股「滿腔熱情具象化的東西」。認同了花卉飾品，就等於是認同了我的這股熱情。

要是某天那個不知道正在哪裡做些什麼的女生看到了，希望她能稍微回憶起我這個人。

當我在上課時偷看花卉圖鑑的國二秋天——也就是暑假一結束就立刻舉辦的那場「命運般的」校慶結束過後……大概經過兩個星期左右的時候。

◆◆◆◆◆

那時我們班的「午休時間」，正是會發生一點慣例小插曲的時間點。第四堂課下課鐘響的瞬間，班上同學們都會一邊竊竊私語地注視著我。

就在我手上拿著午餐的麵包跟花卉圖鑑，正連忙想要離開教室時。

手才剛放上門把，門就從外頭被用力地打開了。

「悠宇！我們一起吃午餐吧～！」

有個女學生精神飽滿地這麼喊著就走了進來。

一身白皙的肌膚，以及纖瘦的身體。

那雙杏桃般的大眼，是透徹得可以看見瞳孔的藏青色。

流洩而下的一頭美麗長髮，髮色有點淡並燙著微微的大捲。

帶有空靈氣質，如妖精般的美少女。

犬塚日葵。

以九月那場校慶為契機，不知為何成為我摯友的女同學。

堪稱我們學校的第一美少女，許多男生為她神魂顛倒的傳聞，甚至使她被人稱為「魔性」的存在。

那個日葵在差點撞上我的時候，說著「哎呀呀」並踉蹌了一下。我也連忙停下腳步，幸好沒有撞上她。

日葵那張漂亮的臉蛋就近在眼前。她飄揚起來的頭髮輕輕撫過我的臉頰。掠過我鼻尖的氣息，感覺起來格外發燙。

……她應該是在下課的瞬間就跑過來了吧。

日葵看著我，並在轉瞬間皺起眉頭。但那表情馬上就褪去，她臉上重回了跟平常一樣如太陽般耀眼的笑容。

「啊哈哈～悠宇，你這麼急是怎麼啦～？」

這麼說完，她像是突然驚覺一般伸手摀住嘴。

「啊！難道是想早點見到我才會這麼急急忙忙的嗎～？嗯呵呵，你也太喜歡我了吧～？」

她輕輕地在我臉上來回打了幾下。這樣的巴掌是不會痛……而且感覺還有點癢。

就算在眾目睽睽之下，日葵還是會很輕易做出這種肢體觸碰。這讓我覺得太難為情，不禁就往後退了一步。

這就是我們班上定時會發生的「日葵來迎接陰沉同學悠宇事件」。

日葵本人這時朝著她在我們班上的朋友揮了揮手。「日葵，妳又來啦～～？」「對啊～」「都玩不膩啊～」這樣隨口聊了幾句之後，她便朝我看了過來。

「好啦，悠宇。我們去科學教室吧。」

「…………」

我沒辦法抬起眼看她。

我的拳頭無力地垂在腳邊，還正在發抖，掌心也滿是手汗。加油。鼓起勇氣吧。我緊緊握住拳頭，下定決心地開口說：

「那、那個，我今天還是在別的地方吃……咕噗！」

在我把話說完之前，某個東西就塞進了我的嘴裡。

這是……吸管？

仔細一看，是日葵常在喝的盒裝Yoghurppe（註：一款南日本酪農乳酸飲料）。日葵用像是保母一樣溫柔的語氣，教誨般緩緩地對我說：

「來，喝吧～～？」

「…………」

我乖乖照做地吸了起來。

日葵用莫名慈愛的眼神盯著我喝。總覺得好像在看牙醫一樣。滋潤了喉嚨之後，很不可思議地，心情也跟著平靜下來了。思緒也漸漸變得清晰。乳酸菌也太強。

喝光飲料的紙盒傳出窣窣的聲音。

這時，日葵再次開口。順帶一提，她將喝完的紙盒攤平摺好，並放進口袋裡。

「好了。我們去吃午餐吧。」

「…………」

接著，她揚起大大的笑容。

無言的壓力。如果要用話語來解釋，大概就像這種感覺：「嗯呵呵～世界上最可愛的我都來接你了，就別再拖拖拉拉地說什麼蠢話，趕快走啦混帳東西。」她確實是很可愛，但究竟是不是世界上最可愛的就要持保留態度了，而且真的希望她不要每次都來上演這齣。

「Hurry up！」

「是……」

班上同學紛紛一臉莞爾的樣子，目送死心的我被她帶走。

就算來到走廊上，他人那種好奇的目光依然沒有消滅。而且只要一經過其他班級前面，就會招來更多注目：「今天也來迎接啦？」、「真厲害耶～～」

說真的，日葵確實可愛得不得了。雖然不確定是不是世界上最可愛，但肯定是我們學校最可愛的。這樣的女生帶著一個陰沉「寵物」到處蹓躂，該說是很有畫面嗎……感覺就像在拍少女漫畫改編的真人版電視劇一樣。

這段期間，我跟日葵沒有任何對話。

日葵光是要跟擦身而過的其他學生寒暄兩句就應接不暇了。日葵很受大家的歡迎，我甚至從沒見過一路都沒人向她搭話的情況。但每次那些人看向我的視線感覺都帶有「這傢伙是怎樣？」

的意思，也讓我總是不禁畏縮起來。

「喂～日葵——」

經過的教室傳來呼喊日葵的聲音。朝那邊一看，只見有六人左右的男女同學湊在一起，正感覺很開心地吃著午餐。那是在我們這一屆很出名的High咖小團體。

日葵隔著窗戶向他們揮了揮手。

「怎麼啦～？」

「偶爾也來跟我們一起吃飯啊。」

那群人當中一個像是頭頭的蘑菇頭男學生這麼約她，日葵卻給出冷淡的回應。

「嗯——下次再說吧～」

這讓那個蘑菇頭男生有些賭氣。

他朝我瞪了一眼，不屑地說：

「是說啊，妳還跟那傢伙混在一起喔。」

那傢伙……指的是我吧。

教室裡的其他學生，也紛紛朝我們這裡瞥了過來。面對這個狀況，日葵卻絲毫不放在心上。

她跟平常一樣輕鬆地笑著，打算結束這段對話。

「對啊～欸，我可以走了嗎？」

「等一下啊。跟那種傢伙一起玩，也很無聊吧。」

「不會啊～別看悠宇這樣，他有些話題都滿好聊的喔。」

「哦～什麼話題啊？比我還有趣嗎？我也想聽聽看。」

「應該會有點挑人吧。不覺得那種圈內人才懂的哏，其他人聽了也只會覺得無聊而已嗎？」

我從來不記得自己有什麼好聊的話題，而且對方很明顯就不想結束這段對話。那個小團體當中的其他人也紛紛苦笑地說著「真的是」、「又來了」之類的話……不過有個在蘑菇頭男生旁邊的女生，倒是一臉不高興的樣子。

感覺那個男生認為自己只要強勢一點就能順心如意了。實際上他也滿帥氣的。在他們班上想必也是中心人物般的存在吧。

「我們今天放學後要去唱歌。日葵，妳很久沒跟我們一起玩了，要不要……」

「我也很久沒唱歌了，是滿想去的，但真的好嗎～？」

日葵突然間就打斷那個男生的話。對方一臉費解的樣子，她那張漂亮的臉則是揚起了一抹微笑。

「比起唱歌，我今天感覺更想講話耶～用麥克風的大音量直接說……像是昨天LINE的內容之類的吧？」

「…………」

不知為何，那個蘑菇頭男生一臉鐵青的樣子。他心生動搖，一張嘴開開合合的。而在他身旁的女生則是露出狐疑的表情。

日葵就這樣用一如往常的笑容說著「掰掰」並揮了揮手，繼續向前走去。我連忙追上她的背影。

就這樣，在經歷到處蹓躂的懲罰之後，總算抵達我大本營科學教室所在的那層樓。這以學校的校舍來說也是位在比較偏僻的地方，因此只要來到這邊，四周就沒幾個學生了。

拿出鑰匙開門，進到科學教室裡。

我在角落的桌邊就坐。

結果日葵也跟著過來坐在我旁邊。教室明明這麼寬敞，她卻特地拉近到與我肩並肩的距離。

我一邊感到猶疑，身體便稍微移開了一些。

「……靠、靠太近了吧？」

「咦，會嗎？」

她嘴上這麼說著，又稍微靠近了一點。

……我放棄說服她，便攤開了從教室帶過來的花卉圖鑑。日葵總是這樣。不管我說多少次，她從來都不肯改進。

我小口小口吃著便利商店的麵包，一邊翻閱花卉圖鑑。我在想的是下一次要種的花，該如何培養才好。

然後日葵就在極為靠近的地方，笑咪咪地看著我的所有舉動。

空間徹底沉默。直到剛才她都在熱鬧的走廊上像個舞台上的女主角一樣親切招呼大家，這態度跟剛剛截然不同。

……我真的沒有什麼好聊的話題。

我跟日葵獨處的時候，基本上感覺都會變成這樣。我不擅長自己主動開啟話題，雖然很容易被誤會，但日葵其實話也不多。

說真的，她去跟剛才那群人一起吃飯應該會比較開心。即使如此，她還是會跑來約我……日葵真的是個奇怪的傢伙。

「悠宇。你那是在看什麼？」

日葵向我問道。

我警戒地抖了一下。視線一陣游移之後，結果我也沒有看向日葵，含糊地小聲答道：

「聖、聖誕節要用的花……」

「哦～這麼說來，差不多剩兩個月左右呢～所以你是要做點什麼嗎？」

我拚命地點頭。

日葵總是這樣。她會率先察覺我說不清楚的意圖。這樣確實很令人感激，但與此同時我也產生了一種連內心深處都被她看透的寒意。

「聖誕節要做什麼呢？啊，是要在你家的便利商店賣飾品嗎？」

「不、不是。呃，我平常會去的插花教室要辦展覽……」

「插花教室？什麼什麼，我第一次聽說耶！」

日葵的雙眼亮了起來，並將身體挺到桌子上。她還是一樣，似乎擁有很容易被奇怪的事情激發起好奇心的「特質」。

「我是在那邊學會照料跟處理花等等的基本技巧。」

「哦～原來如此啊～悠宇，你是從什麼時候開始去那邊上課的？」

「小、小學……五年級吧？」

「是喔～還有其他人跟你一樣，那麼小就去上課的嗎？」

「不知道耶。但那邊的人再怎麼年輕，至少也是大學生吧。他們一開始也以為我是跑去鬧的，還把我趕出來……」

日葵「噗哈！」一聲就噴笑出來。

「啊哈哈！我想也是。會被趕出來吧～！」

「啊哈哈……」

覺得有趣的地方，就會坦率地笑。這是日葵的優點。

不用擔心她會做出莫名識相的反應，之後偷偷在背後說「那傢伙是個怪人」之類的壞話。她對於一件事的感想會當場就明確表現出來，這點我也很喜歡。

「那個展覽上，也會擺出我的花卉作品。所以我正在想要用哪種花。」

「哦～現在開始想來得及嗎？」

「展覽的規模沒有很大，而且作品也是一人做一個，大概像這麼大的……」

我用雙手比劃出花器的形狀。

日葵一臉認真地看著我的動作之後，語氣很開心地說：

「欸，我也可以去看嗎？」

這讓我嚇了一跳。

「是可以自由參觀啦。但妳要來嗎？」

「我去的話，會有什麼問題嗎？」

「不是啊，妳想，那天是聖誕節，妳應該有些活動吧？」

「嗯～？例如說呢？」

不知為何，日葵感覺很開心地這麼反問。

日葵很喜歡這樣玩。明明只要做出一句回答就好，卻會特意反問，並享受著這段你來我往的對話。

我認真地想了想，並做出回答。

「……在高年級生家的豪宅，跟其他學校的人一起舉辦私人派對？」

日葵噴笑出聲。

「噗哈哈——！」

出現了。

感覺像是要把肺部的空氣全都吐出來一樣的大爆笑。還會順勢瘋狂拍打我的肩膀。說真的，那個空靈美少女到底是跑去哪裡了？

日葵在我面前會像這樣放肆大笑。雖然我不知道究竟是哪裡好笑，但會讓人覺得，算了開心就好。

……難道日葵說的好聊話題就是指這個嗎？這只是暴露出我有多不諳世事而已，拜託不要跟其他人說。

「什麼跟什麼，刻板印象也太誇張了吧！又不是國外那種青春通俗劇！」

「啊，還真的不是那樣嗎？」

「怎麼可能啊！再說了，要是這種鄉下地方有那種派對，我還想見識看看呢！」

「但日葵家很有錢吧。可能找個認識的藝人來……」

「我們家才沒有認識哪個藝人！頂多就是哥哥的朋友，那位榎本學姊而已好嗎！」

「啊。那位讀者模特兒學姊？」

「對啊對啊。而且他們兩個關係超差的。就算約她來參加什麼聖誕節派對，也絕對不會來。應該說，在約她之前就會被我哥阻止了。」

「是喔。我還以為他們很要好。校慶那時候都替我宣傳飾品了。」

「那次是特殊狀況啦～哥哥雖然不太想講，但答應宣傳的交換條件，好像害他被狠狠惡整了一番。」

「那、那真是抱歉了……」

「不不不，這不是悠宇的責任吧。是他自己答應了我任性的要求啊。」

這麼說著，日葵爽朗地笑了。

她這個人就是這樣的個性。絕對不會將責任施加在他人身上。這樣體貼的想法，應該並非家教所致，而是出自天性吧。也難怪日葵會這麼受到其他學生的喜愛。

……正因為如此，我才更無法理解她為什麼會看上我這種人就是了。

「啊。你又露出那種表情了。」

「咦，什麼表情？」

日葵從制服口袋中，拿出了紙盒裝的Yoghurppe。插下吸管之後，就吸了一口。

「沒有啦，也不是什麼太大的問題。」

日葵露出燦爛的笑容。

「悠宇。你最近都在躲著我吧。」

我不小心就捏扁了便利商店的麵包。另一隻手也將本來正要翻頁的花卉圖鑑給撕破了……但這是在BOOK OFF買的便宜二手書，倒是沒差啦。

「我、我不知道妳在說什麼……」

我儘管這樣裝傻，還是不禁撇開了視線。

結果日葵探出身體，阻去了我的視野。

這樣仔細一看，她的臉真的很美。應該說，氣場完全不一樣。明明沒有特別上什麼妝或是特別保養的感覺，看起來卻比一般模特兒還要漂亮。同學當中有這種程度的女生，一般來講都會感激到謝天謝地才對……

「欸，為什麼？」

……很可惜的是，她的個性有點棘手。

平常都會很識相地顧慮他人，就這種時候會特別頑固。只要是自己無法接受的事情，不追根究柢就不會甘願罷手的樣子。

無論她的臉再怎麼養眼，唯獨這種情況真希望她能放過我……老實說，這就是日葵麻煩的地方。

「躲、躲著妳？我真的不知道妳指的是什麼事情……」

我的眼神飄移得更遠了。但敏銳地察覺到的日葵，立刻又對上我的視線。無論我再怎麼撇開眼神，結果都一樣。

最後，我只能看向天花板。如此一來，就算是日葵也沒辦法跟我對上眼了哇、哈、哈……哇！等等，住手！不准這樣搔癢別人的腋下！

「悠～～宇～～？你要是再這樣胡鬧下去，我真的要生氣囉～～」

「我、我知道了！我說就是了！」

從日葵的搔癢地獄得到解放之後，我癱軟地趴在桌上。因為沒辦法直視日葵的臉，我便維持這個姿勢從實招來。

「……對不起。我確實是躲著妳。」

我覺得會被她痛扁一頓。

自從校慶之後，我就欠了日葵一份報答不完的深厚恩情。就算是在那次校慶結束過後，日葵為了幫我販售飾品這個目標，一直都在絞盡腦汁思考。

然而，無論等了多久，她的拳頭都沒有揍過來。

我畏畏縮縮地抬起臉，只見日葵一臉「唉，真是的。這傢伙總算說出來了……」的感覺，嘆了一口氣。

Yoghurppe的紙盒傳出了窣窣的聲音。

「為什麼？是我做了什麼嗎？」

日葵這麼問的語氣很平穩。

她真不愧是High咖中的High咖，心靈的從容程度就是不一樣。換作是日葵對我說「我躲著你」這種話，說真的，我大概再也不會踏進這間學校了。

所以，我才能冷靜地向她坦白。

「不，不是日葵做了什麼。」

「嗯～？那又是為什麼？」

「呃，這是我個人的問題，而且我也不太想講……」

日葵那雙藏青色的眼睛，閃現了銳利的光芒。

她的雙手做出搔癢的動作，並快速地蠕動著。

「悠宇～～？」

「是。我說。所以請您別再用搔癢懲罰我了。」

……我的腋下就是很怕癢啊。

不，我知道男生的這種弱點，真的是超無所謂又沒必要的情報。總之，我端正了坐姿，一臉認真地說：

「日、日葵同學。該怎麼說呢，人終究還是有階級差距的。」

「咦，你怎麼突然講起這種話？是不是看了什麼奇怪的啟蒙書啊？還是網路上的貼文？匿名的人說些壞話只是一種消遣而已，不可以當真喔。」

「不，也不是這樣啦……」

「不然是怎樣？你之前都不會說這種話吧。」

「這個嘛……」

該怎麼說才好？

當我為此感到迷惘的時候，日葵輕聲笑了出來。她將喝光飲料的紙盒整齊地摺好，並收進口袋。

「悠宇你啊，真的是人很好耶～」

「不，妳幹嘛突然說這種難為情的話？」

「有必要連那些你甚至不知道對方名字的同學所說的話，都這樣放在心上嗎？」

她這麼說，也讓我察覺到了。

看來，所有事情終究都是掌握在日葵手中的樣子。真不愧人稱「魔性」的存在。我打從一開始，似乎就任憑她擺布了。

「……妳知道我被其他男生找麻煩的事情？」

「算是知道嗎？應該說看你剛才的反應，我就明白了。」

「不，那也說不過去吧……」

「啊哈哈。因為最近也常有人跟我說類似的話啊。」

這麼說著，日葵總算從手中的便當袋裡拿出了便當。她一邊說著：「哎呀～我一直覺得很在意，現在總算有心情吃飯了～」這般敷衍過去，接著拿起筷子。

「所以說呢？人家要你別再跟我來往嗎？」

「嗯，差不多是這種感覺。」

自從日葵跟我玩在一起，已經過了兩個星期。

也就是說，至今都跟日葵玩在一起的那些High咖們，已經連續兩個星期都被日葵晾在一旁了。不分男女，許多人都跑來向我抱怨這件事。

「悠宇。他們還說了什麼嗎？」

「說我配不上日葵。」

姑且不論那些跑來抱怨的男生們，誤會了我跟日葵的關係這件事。

然而，這種事根本無關。因為外人終究不會明白本質為何。重點在於他們是「如何看待」。

「沒必要在意這種事吧？」

「不能這麼說啊。日葵也有妳自己的交友圈，卻因為我這種人而鬧得不開心，那也太奇怪

了。」

這當然只是場面話。

跟日葵在一起，會讓我覺得自己很可悲。

就算是朋友，無論如何還是會被迫面對我們之間的階級差距。日葵既有可愛的外表，也很有社交能力，大家平常總是想跟她在一起。

我也有自覺……不，是不容分說地讓我產生自覺。日葵越是耀眼，在她身旁的我，影子就越是深沉。

越是覺得日葵的友情是「美好的事物」，客觀認為沒有我這個人在她身邊比較好的心情就越是強烈。

因為向日葵是「面對太陽綻放的存在」。

她跟另一邊的人們談笑的模樣，在我眼中十分美麗。而我的存在卻會玷汙那樣的美好。我覺得美麗的東西，還是維持著美麗的樣子比較好。

「……原來如此啊。」

日葵小口小口啃著便當裡的燉煮牛蒡。

「我滿意外的耶，沒想到悠宇的個性其實很麻煩呢。」

「唔……」

她說得這麼直白，我也無言以對。

「我以為你的個性更像老師傅一樣，不在乎他人評價，滿腦子只想著花卉飾品那種固執的人。」

「怎、怎樣啦，那不是理所當然嗎，我也是個人啊……」

「但我應該就沒有煩惱過這種事情吧～～？」

「……可惡的天生勝利組。」

「噗哈！」一聲，日葵開心地笑了出來。接著，她爽朗地笑著說道：「沒辦法，這也是事實嘛～」

「總、總之，妳還是重新考慮看看要不要繼續跟我來往比較好。」

「是要怎麼重新考慮？而且，我還是會繼續幫忙賣悠宇的飾品喔。」

「即使如此，還是有其他方法吧。不用每天像這樣一起吃午餐也沒關係。就只有飾品做好的時候，我會再跟妳聯絡。除此之外的時間，我們就跟至今一樣當個陌生人……」

「…………」

日葵沉默不語地陷入沉思。

那冷漠的視線讓我不禁感到畏縮……再怎麼說，應該都讓她感到失望了吧？那也是理所當然。這樣講，意思就跟要她配合我的狀況再來幫忙一樣。就算她沒這麼想，我這番話也太傷人了。日葵會因此心灰意冷也是無可厚非。

……但是，因為我這種人讓日葵的校園生活付諸流水也太沒道理了吧。

「悠宇，你有沒有被人說過想太多了啊？」

「這、這……」

倒是有。

具體來說，三姊就經常這樣說我。

「來。你看這個。」

日葵遞出了自己的智慧型手機。

打開LINE的應用程式之後，便出現了日葵跟一個男生的聊天畫面。這名字我不認識……不對，我知道是誰。就是剛才在走廊約日葵一起吃午餐的那個蘑菇頭男生。

「天啊……」

看了聊天內容，讓我不禁打了冷顫。

簡單來說，就是在積極地追求日葵。譬如「跟我交往吧」、「我是真心喜歡妳」、「我會跟現在的女朋友分手」等等，總之用盡各種話語在引誘日葵。

「……這是剛才那個人吧？」

「對啊～這一個月來，他一直都是這種感覺。還有，他旁邊不是坐了一個女生嗎，那個人就是他的女朋友，但好像交往得不是很順利。他應該覺得如果是我，馬上就會答應了吧？」

收到這種訊息，那當然會想避開對方。

最後甚至還說「就算只有一次也好讓我上吧」什麼的，已經到了莫名其妙的地步。你這傢伙不是真心喜歡人家的嗎？

「然後呢，這是女朋友傳來的。」

「啊？」

切換了畫面之後，變成她跟那個女生的聊天內容。

這邊也不遑多讓，甚至更加激烈。像是「是妳勾引我男朋友的吧」、「不要再來找麻煩了」之類的，總之把日葵當成壞人一樣罵得狗血淋頭。這麼明顯的惡意，說出來的話也毫無顧慮。

「……她說有人看到妳跟那個男生從賓館走出來耶。」

「這當然是不實謠言啊。大概是那個小團體裡面的某個人，覺得我們陷入三角關係很有趣吧。」

「天啊，有什麼毛病……」

「一天到晚跟這些人打交道，真的會很累呢～感覺總是在試探對方。自己說出口的每一句話都要很小心，相對的，對方說的話也不能全盤相信。」

「不要理這種人不就好了……」

「偏偏事情也沒有這麼單純嘛。像我這種人，是沒辦法自己一個人活下去的。」

「是嗎？」

「就是。我有說過吧？我只不過都在借助別人的力量而已。所以自己一個人什麼事都辦不到啊。」

……日葵總是會這樣自嘲。在我眼中，日葵看起來還獨立多了。

「如果是不久前，即使如此還是有一些好處的話，我也是可以跟他交往。但現在……我看還是算了吧～」

那個「現在」的說法讓我覺得不太對勁。

「……發生過什麼事嗎？」

我這麼一問，日葵便帶著傻笑回答道：

「嗯～在認識悠宇之前交往的那個人，好像腳踏五條船的樣子，然後我就被其他女朋友攻擊了呢～」

「被人攻擊？」

「啊哈哈。就是突然被叫出來，然後把我推到馬路上。」

「什麼！」

她大嘆了一口氣，並聳了聳肩。

「哎呀～～戀愛中的少女真是可怕呢～～在那之後，我就再也不想被捲進戀愛當中了。說穿了，我也不是因為喜歡那個男生才跟他交往啊～所以就立刻跟他分手，逃得遠遠了。」

「那妳為什麼還要跟他交往啊……」

「我聽說他超受歡迎啊～就想見識看看有多厲害。」

真不愧是日葵。沒有嘗過初戀滋味的High咖採取的行動還真是大膽……人家說好奇心會殺死一隻貓，大概就是指這種狀況吧。

日葵一邊笑著，拿出了紙盒裝的Yoghurppe。我想著今天消耗量還真大啊，一邊看著她抽出吸管插進去的動作。

「總之，我想表達的事情呢，就是悠宇雖然說過，像我們這樣一群人開心地玩在一起感覺很美好……但『美好的事物不一定就是表面看到的那麼純潔』。」

「…………」

我頓時語塞。

那個時候，我完全沒有想像過這種狀況……因為我自顧自地深信，像日葵這樣的女生，一定過著滿是樂趣的人生。

「就這層意思來說，比起美好的事物，我覺得純潔的事物還比較好。不論將外表打點得多美，內在卻是亂七八糟又汙穢的話，就沒有意義了。」

日葵這麼說著，就把手機的LINE程式給關掉。她接著把手機蓋在桌上，緊盯著我的臉。

「悠宇在做飾品時的雙眼很純粹，我最喜歡了喔。悠宇的這股熱情，絕對不可能比我還差勁。」

日葵握住我的手。

我不禁抖了一下，回望著她的臉。

「所以說，你就一直當我的摯友吧，好嗎？」

她的手稍微加重一點力道。

……我發現，她好像有點在發抖。雖然發現了，但我覺得這還是不要說出口比較好。

「悠宇，你可不要喜歡上我喔。」

儘管裝出跟平常一樣輕鬆的態度，但那雙藏青色的眼睛深處，卻有某種情緒殷切地盪漾著。

我喜歡美麗的東西。

日葵給予我的這段友情，對我來說是最美麗的事物。甚至可以說是我人生中的寶物。正因為如此，我也沒辦法輕易放手。

「當然啊。因為……呃，我是……」

我盡全力對視上那雙眼睛，並明確地答道：

「我是日葵的……摯、摯友嘛……」

日葵睜大雙眼。

她的臉頰似乎有些害羞地泛紅，然後撇過頭去。感覺好像就在說「別講這種難為情的話嘛……」害我也跟著難為情了起來。

……救命啊。我承受不住這種緊張感。

我想開口說些什麼，於是朝著日葵的肩膀伸出手。但就早了那麼一個瞬間，她自己先朝我轉過頭來……而且不知為何臉上還帶著竊笑。

「你說的喔。」

「咦……」

日葵拿起了手機。就是原本蓋在桌子上的那個。

她將手機畫面遞到眼前給我看……不知為何，錄音功能是開啟的。當她停止錄音，並按下播放鍵之後，就傳出了我的聲音。

『呃，我是……我是日葵的……摯、摯友嘛。』

這實在太丟臉了，我的臉瞬間熱了起來。

「日葵————！」

「噗哈啊啊啊啊啊啊啊啊啊啊！」

就算我想搶走手機，還是被她閃躲開來。她再次按下播放鍵，用大音量重新播放我說的那句

「摯、摯友嘛」。

「很～～好，這樣我就握有你的承諾啦！悠宇，你已經逃不出我的手掌心了～～！」

「真的爛透了！妳這傢伙，快把那東西刪掉！」

我不禁弄倒椅子，隔著桌子追著她跑了起來。而且女生不要跳到桌子上去好嗎，這樣會不小心看到裙底風光耶。

過了一陣子，我們的體力都到了極限。兩人靠著桌子休息，氣喘吁吁地笑了起來。

日葵躺在桌子上，快活地笑著說：

「啊，我想到一個好點子了。以後要是再被男生纏上，乾脆就說我在跟悠宇交往～不就得了？」

「把我當煙霧彈喔。我可不想被捲入現充的紛爭裡耶……」

「又沒關係。像這樣互相幫忙就很有摯友的感覺，不是很好嗎？」

「一點也不好。我就不需要這方面的幫忙啊。」

「悠宇，你沒有喜歡的人吧？」

「這不是重點好嗎。而且那樣更會被其他男生盯上，我可不要。」

「咦～但有像我這麼可愛的女生假扮你的女朋友，是一種光榮吧？」

「這種話不是自己說的吧。更何況如此一來，要是真的被誤會了又該如何是好？」

日葵忽然抬起頭來。

她伸出手，不知為何握住了我的手。不像剛才那樣覆上握著而已，而是緊扣住彼此的手指，使勁地不讓我放開。

日葵注視著我的臉，一邊燦爛地笑了起來。靠近到鼻尖好像都要碰到的距離之後，她悄聲低語道：

「不然乾脆真的跟我交往好了？」

「…………」

我認得這種眼神。

不知為何，無論日葵對我說了多麼引人遐想的話，唯獨這對澄澈的藏青色眼睛深處的那份「期待」，我就是可以輕易看穿。

面對這個問題，我明確地做出回應。

「我絕對不要。唯獨跟日葵交往這件事，真的是放過我吧。」

我這麼說完，日葵就一如預料地開心說道：

「噗哈～～！悠宇真的很懂耶～～！」

「是是是。謝謝妳喔。」

「啊，對了！我們乾脆就這樣牽著手去合作社吧。如此一來就不用每次被告白都還要拒絕，省下很多麻煩耶。」

「沒想到那個計畫還是要執行喔。我真的不要喔……那個，日葵同學？等等，為什麼要默默站起來啊？是說妳不要拉我……住手，妳給我住手——！」

嘴上說得像玩笑話一樣，但我已經下定決心了。一開始感受到的那股不安褪去，就只留下想好好珍惜日葵這個摯友的心情。

第一次握住手時傳來的溫度，我到現在還記憶猶新。

那個時候，我產生了絕對不會放開這雙手的念頭。我會以「摯友」的身分，陪著日葵這個女生一輩子……不，我心知肚明。不用別人提點。可以的話，我也想消除掉這段記憶。

在那之後過了兩年，來到高二的春天。

沒想到，我竟然喜歡上了日葵。

……說真的，要是時間可以倒轉，要我把靈魂賣給惡魔都在所不惜。

I「永不分離」for Flag 2.

經歷這樣的國中時代，兩年過去了。

現在是高二的五月中旬。

開始慢慢進入梅雨季的天氣，也正是漸漸悶熱起來的季節。我在下著小雨的通勤路上，騎著腳踏車去上學。

說起鄉下高中的特徵，我覺得就是「上下學會有點不方便」這點。

由於土地遼闊，要走路上學的話距離太遠。大眾運輸更是不用談。說穿了，市內就只有兩個車站，慢車跟快車一小時只有各一班會經過。公車也差不多是一小時一兩班。要是錯過一班車，就只能折回家裡請爸媽開車載去學校了。

所以說，我們基本上都是騎腳踏車通勤。要是到了梅雨季，總是必須穿雨衣才行。

這個時期天氣很悶熱，而且也不是穿了雨衣就完全不會弄濕。在又悶又濕的狀態下到了學

校，並在腳踏車擠得滿滿的停車場一邊顧慮著身旁的人脫掉雨衣，將濕答答的雨衣收進塑膠袋，放學之後還得穿著那件雨衣回家才行。

直到梅雨季結束的這一個月，每天都要反覆這個過程。有夠地獄。

我抵達停車場之後，摺好濕掉的雨衣並收進塑膠袋。把腳踏車鎖好之後，我不禁重重嘆了一大口氣。

「……好想回家。」

這是真心話。

但心情會這麼沉重的原因，並不完全在於梅雨。

……我人生第一次跟摯友大吵了一架。

但吵到最後的結果，跟我心裡所想的有點不太一樣。

昨天，日葵說要去東京，我抱著必死的決心對她說我要一起去。將做工最精緻的花卉飾品送給她，並打算向她表白我真正的心意。

……然而我在最關鍵的地方不禁畏縮，這場告白便無疾而終。

再說了，日葵也有不對。誰教她先說了「不去東京了～」這種話。那場告白對我來說是背水一戰。既然出現意料之外的退路，害我忍不住就衝了過去。

啊，順帶一提，花語為「必死的決心」的是一種叫雪球莢蒾的忍冬科落葉灌木。這會開出很漂亮的花呢。夏天時那小小的黃色兩性花會開得像花束一樣，而且旁邊還環繞著一圈大片的白色裝飾花。也就是天然的雙色花束開滿一整面的感覺。

這種花還另外有著「不要拋棄我」這樣的花語。完全是昨天的我耶……哈哈，笑不出來。

在那之後經過一晚到了今天，我真的有夠不想見到日葵。本來還在想今天乾脆請假算了，但如此一來有很多事情會被胡亂臆測，那也很難受。

（……總之就維持平常心吧。得跟之前一樣以摯友的身分跟她相處。）

離開停車場之後，我走向換鞋子的地方。當我走在有鐵皮屋簷遮擋的戶外走廊上時，就看見有人撐著一把眼熟的傘，從另一頭走了過來。

那把藍色點點圖樣的傘是……

「嘿～悠宇！早安安～！」

是日葵。

今天早上她依然露出感覺足以將這片下著梅雨的天空轟散的一百分滿分笑容。

在這兩年來她長高一些，身材變得更成熟了。原本燙著大捲的長髮，現在則是變成凌亂得很自然的短髮鮑伯頭。

但那雙杏桃般的大眼，現在依然呈現著藏青色。

我的摯友既空靈，又像妖精般可愛。她一樣是個連鄉間學校的俗氣制服，都能穿得像名牌新款服飾一樣的怪物級美少女。

順帶一提，日葵的通勤方式則是第三個選項，搭車上學。

由於正好跟她的哥哥雲雀哥要去市公所上班的時間差不多，因此總是請他載。雲雀哥很忙的時候，不是請她媽媽載，就是改搭公車。

如果是搭車來的，應該會直接送到換鞋子那地方才是。所以我們平常都是在教室打招呼，很少在這裡碰面……難道她是特地折回來等我的嗎？

……不，現在可顧不及這種事情了。

我明知遲早都會碰上這個狀況。

「…………」

我做了一次深呼吸。

接著揚起完美的笑容，用食指做出像是敬禮般招呼的動作。

「嗨！日葵，早安。」

順便讓牙齒露出閃耀的光輝。不，也不是真的發光就是了，至少在我的心情上是這樣的感覺。這時我的表情肯定是一副不輸偶像的爽朗笑容。

結果日葵感覺好像很反感地後退了幾步。

「天啊，那個笑容好噁喔。悠宇，你是怎麼了？吃壞肚子了嗎？」

「妳也太過分了吧。這可是最棒的帥哥笑容耶。」

「哎呀～是嗎～說穿了，悠宇的陰沉是根深柢固，所以那個表情與其說是帥氣，看起來反倒比較像是在隱忍肚子痛的感覺吧～」

「是多糟糕啊！方向性完全相反耶！」

日葵一邊笑著，就收起了傘。

她走進鐵皮屋簷底下之後，就在我身邊並肩走了起來。感覺好像要碰到日葵的肩膀，又好像不會碰到。就是隔著這樣微妙的距離。

「啊，悠宇。話說回來，你有看昨天的『有的沒的調查局』嗎？」

「不，我沒看。昨天總覺得很累，回家之後我很快就睡著了。」

「喔，是喔。難怪你昨天都沒有回覆我的LINE。悠宇也忙了好一段時間嘛～」

「我好像有點太過優先於製作飾品了。」

一邊聊著這樣跟平常完全沒兩樣的對話……跟平常完全沒兩樣？

「等等？昨天是星期三耶……」

「呃，怎樣？」

「不是啊，調查局是星期一的節目吧？」

「…………」

因為節目名稱就有明講是「星期一」啊（註：「有的沒的調查局」節目原名是「月曜から夜ふかし」，「月曜」是日文中「星期一」的意思）。

我朝她看了一眼，日葵就維持可愛的笑容，並可愛地微微歪過了頭。

她的表情一瞬間露出「啊，糟糕」的樣子……不，真的只是轉瞬之間，所以搞不好是我看錯了。

總之，日葵這時突然發出大笑。

「悠宇，真有你的耶～～！」

「好痛！」

她突然就朝我的背猛力拍打起來。

「怎、怎樣？是怎樣啦？」

「嗯呵呵～其實呀，我是在試探你啦。」

「呃，我真的搞不懂是怎樣。所以是什麼意思？」

日葵一臉得意洋洋的樣子，以打開雙腳、雙手扠腰的姿勢說：

「我在測試悠宇能不能隨時保持冷靜。這對創作者來說可是必要條件呢！」

「……是不是一個好的創作者，跟掌握今天是星期幾有關係嗎？」

不，她絕對是在打馬虎眼吧。

我知道日葵不可能坦率地從實招來，所以我也不會再追究下去。我再怎麼樣也說不贏她。

日葵背對著我轉過頭去，一邊用手拉了拉瀏海，臉也跟著紅了起來。

「……啊～糟糕。這麼說來，我從前天開始就沒有看電視的從容了。」

「嗯，也是啦。妳應該都是忙著準備搬家之類的吧……」

「不要聽少女的自言自語啊！」

「為什麼要拿傘打我的小腿！」

也太沒道理！

今天早上的日葵同學，情緒是不是不太穩定啊……不過，也是啦，本來要去東京卻臨時取消了，應該也會遇到很多狀況吧。

（啊。說到昨天的事情，那個戒指…………嗯嗯？）

這時，我不禁發現了一件事。

「……咦？」

忍不住脫口出聲。

這讓日葵抬眼看我並歪過了頭。

「怎麼了嗎？」

「呃，昨天的戒指……」

昨天的戒指。

我送給日葵的鵝掌草戒指不見了。她應該有戴在左手中指上才是。

「啊，那個在這裡。」

日葵突然把手插進口袋裡。

才在想是什麼，就見她拿出一個皮革製的頸飾。在金屬扣環的地方掛了一枚透明的樹脂戒指。樹脂內部浮著用鵝掌草的永生花做成的袖珍鵝掌草。

那可謂現在的我集大成的作品，名為「摯友」的戒指。

「日葵。妳把那個弄成頸飾了？」

「對啊～我想說在學校戴戒指還是不太好。」

啊，原來如此。

我確實沒有考慮到這點。

我們學校在服裝儀容方面的規範是比較寬鬆。即使如此，戒指還是太招搖了。而且她之前的頸飾也壞掉了，或許做成這樣正好。

「不過皮帶的部分還是之前那條嘛。要不要我幫妳換個新的？」

「不用。這樣就好。」

「但那個都被我踩過了……」

「我就說沒關係了嘛。這也是一段回憶啊。」

日葵將頸飾戴上脖子，並為了讓我清楚看見而抬起下巴。在那小小的喉結下方，一只透明的樹脂戒指緩緩晃動著。

「何況這還是悠宇第一次給我的飾品呀。」

「……這、這樣啊。」

一時之間我突然不知道該怎麼回答。

不，應該說……我差點就脫口說出「可愛死了我愛妳」。一大早就說這種話，未免也衝太快了吧。聽日葵這樣說實在太過難為情，反而讓我冷靜下來了。

……但是，我也放心了許多。過了一晚，我以為她要跟我說「總覺得心情還是冷掉了。這個戒指我不要了～」之類，害我畏縮了一下。

「……嗯？」

日葵一臉竊笑的樣子抬頭朝我看了一眼。她用掌心遮住嘴邊，總覺得別有他意地說：

「悠宇，難道你以為我會說『這個戒指我不要了～』之類的話嗎？」

「唔……」

糟糕。一個不小心做出了真心的回應。

看了我的反應，日葵的雙眼更是瞇細了起來。簡直就跟貓找到快樂的獵物時會有的反應。

「嗯呵呵～～悠宇啊，你也太喜歡我了吧～？這麼喜歡的話，不然乾脆真的跟我交往好了？」

「…………」

煩死了……

日葵這傢伙，感覺逗弄得超開心地一邊戳著我。直到昨天明明還因為絕交宣言而一臉朽木般的樣子。

日葵從書包裡拿出紙盒裝的Yoghurppe，並插入吸管。這傢伙從國中那時開始就超愛喝這款飲料。

（……而且就是因為這樣，我才會在關鍵時刻沒有順利告白吧。）

不好意思，但我可不會在這個現狀下答應。我打算總有一天要好好告白，也明白了為此我的心靈必須堅強到不輕易屈服於日葵的玩笑話。

……可別小看一度決定退學的人的精神力。

「欸，日葵。」

「咿唷！」

我一臉認真地抓住她的雙肩，日葵便發出了神祕的怪聲。她睜大雙眼，整個人突然間就僵住了。腳步也當場停了下來，傘還掉在地上。

……咦？這是什麼出乎意料的反應？

我還以為在這個階段，她大概會喊著「哇啊，悠宇要對我性騷擾～」之類敷衍過去。經歷榎本同學那些事情之後，這傢伙果然變得很奇怪。反應好像都有點太大了……感覺很女孩子氣的樣子。不，這可能只是我的錯覺。

反、反正，這倒也沒差。總之我對日葵的回擊要繼續說下去。對我來講，日葵可是耍人專家。這兩年來一直都被日葵耍得團團轉，因此要模仿她的手段也是輕而易舉……應該啦。

我想想，日葵應該會像這樣說吧？

「哎呀～自從之前發生過那些事情之後，我就察覺到了。我眼中果然只有日葵啊。實在太喜歡日葵了，真傷腦筋。所以說，妳不介意的話，乾脆就真的跟我交往吧？」

我用跟她十分相似的語氣，捏造出一番愛的告白。之所以能比想像中說得更溜，也是因為這跟我的真心話只有一線之隔。

冷靜想想，這話說起來滿丟臉的耶。

不，別輕易認輸。這點程度就退縮的話，就算向日葵告白也只會被她敷衍過去，無疾而終。

而且我這番話實際上應該滿真切的。畢竟日葵那傢伙，也是從剛才開始就垂著頭僵在原地。

是時候就該收網了。我故意停頓了好一段時間，這才盯著日葵的眼睛說：

「我開～～玩笑的啦！有嚇到嗎？嚇到妳了嗎？」

好耶！我辦到了！

心臟跳超快的。這也是理所當然。雖然是玩笑話，但我可是向喜歡的女生做出我最喜歡她的宣言。

不過，這下子就算是日葵多少也會有些動搖……

「咦？」

她一臉事不關己，並感到很無趣的樣子。

好像真的打從心底不感興趣一般，一邊拉著瀏海玩了起來，並撇開視線。

「哦～是喔。」

……咕啊！

這比我想像中還更衝擊！

我立刻認輸，當場蹲了下來向她低頭。

「……對不起。是我太得意忘形了。」

「噗哈！你就錯在誤以為這樣臨陣磨槍，就能說動戀愛常勝軍的日葵美眉啦～看樣子，這對悠宇來說還早了一百年呢。」

我無話可說。

不過，她再做出多一點反應也好吧？像我平常也是大嗓門地吐槽啊。

日葵拿傘戳著我的屁股，我這才動作緩慢地站了起來。

在換鞋區改穿上室內拖鞋後，我正要踏上階梯時，日葵突然說：

「啊，悠宇。你先進教室吧。」

「怎麼啦？」

「嗯～～有點事♡」

她一邊這麼說，伸手指向另一邊的廁所……這狀況應該不要追問比較有禮貌吧。

跟日葵分開後，我便走上樓梯。突然變成一個人，剛才那些愚蠢的行徑就在腦海中浮現。

「我到底在幹嘛啊……」

我在樓梯的轉角處抱頭苦思。

突然察覺對日葵的情意，我還沒配備好理性的煞車啊。這樣不太好。就算是玩笑話，憑著一股衝動說出那種話真的不太好。

因為，我是日葵的「摯友」啊。

就算我對日葵產生戀愛的自覺，也不可以因此懷著「那我就來追她吧！」的想法。我不能有這樣的念頭。

因為日葵依然認為我是她的「摯友」。

對我來說，日葵不只是我喜歡的人，更是我的恩人。日葵賭上自己的人生，要拓展我做的花卉飾品。不能因為我自顧自地改變心意就背叛了這個前提。

……至少在我能以身為一個飾品創作者獨立之前，都必須封印這種戀愛的情感。

（加油啊，夏目悠宇。好歹回應一點日葵的期待吧！）

總之要改變自己的心態，優先思考接下來製作飾品的事情……

「啊，夏目。你在這裡啊！」

「咦？」

這麼叫住的人是我的班導。老師不知為何一臉鐵青的樣子，招手把我叫過去。

是怎麼了嗎？難得會這樣指名找我耶。平常都只有要我把什麼東西交給日葵的時候，才會叫我過去。

「老師早安。」

「喔，早……這不重要啦！」

咦咦……

這個老師平常感覺總是個低血壓的人，今天竟然一早情緒就這麼激昂。

「我做錯什麼事了嗎？」

「沒錯！你慘了啦！給我過來辦公室！」

果然是有事找我啊。

會是什麼事呢……算了，去就知道了吧。

◇　◇　◇

跟悠宇揮手分開之後，我進到廁所來。

廁所裡沒有其他人在。這樣剛好。真不愧是我。就連這種小地方的運氣都會站在我這邊，證明了我就是個可愛與才能兼具的存在呢！

「啦啦啦～♪」

我一邊哼著歌，關上了廁所隔間的門。

從書包裡拿出毛巾之後，我將它疊成四摺，盡可能弄出厚度。接著雙手捧起摺好的毛巾……並將整張臉壓了過去。

「哇啊啊！」

我使盡全力地大喊出聲。

真的是用盡全力。像是要將全身的氣力一口氣用掉的氣勢，一味地將肺裡面的空氣全都吐了出來。

「呼啊、呼啊、呼啊……」

總算把聲音全都喊出來之後，我將書包裡的所有Yoghurppe全都拿出來。動作迅速地插進吸管，一口氣就將三根塞進嘴裡。一陣猛吸地喝完之後，手中的紙盒也都空了。

（……勉強過關！）

冷卻結束……

我呼出一口氣，並將毛巾收回書包。

整齊地摺好紙盒，更擦了擦嘴。

「悠、悠宇那傢伙，竟然來這招……」

剛才真的太危險了。

我從沒想過他會做出那樣的反擊。

一瞬間還以為他是認真的，讓我慌張不已。要不是經歷了昨天從鼻子噴出Yoghurppe，剛才我應該會當場亂了陣腳吧。兩人獨處的時候就算了，要是在其他到學校上課的學生面前陷入那種狀況，可就完全出局了。

……我不能被悠宇發現自己的這番心意。

我必須跟平常一樣，站在「摯友」的立場獨占悠宇才行。

等到悠宇實現夢想，創立一間花卉飾品專賣店，並獲得不會輸給任何人的百分之百的羈絆時……我再好好向悠宇告白！

在那之前，不可以有任何一點動搖。沒事的，日葵。妳一定辦得到。至今一天到晚都在跟悠宇說這種玩笑話了。只是稍微鬧著說的話，就算是悠宇也不會發現我是真的對他抱持戀愛情感……呵呵，再次體認到這件事，我好像都快哭出來了！

穩定好情緒之後，我走出廁所隔間。

一邊洗著手，一邊想著。

……但那樣感覺也滿不錯的。

雖然是玩笑話，但被悠宇追求的感覺還不賴。不，應該說超棒的。該不會我有點被虐傾向，只是自己沒有察覺啊？還是說，因為悠宇至今都沒做過那種事，才會產生新鮮的感覺？

（真希望他能再那樣說一次……不，希望他能多說幾次。）

有沒有什麼順理成章的方法，可以把那些話安排進摯友會有的反應當中啊～例如我做了什麼事情之後，悠宇就回上一句「日葵，妳就這麼喜歡我嗎？」之類，有點像「約定成俗」的反應。說起來就像是相聲表演的裝傻跟吐槽那種感覺？

我一邊沉思這件事並走出廁所時，另一頭有幾個女生朝我跑了過來。

「啊，日葵同學～！」

「遇到妳正好！」

她們是同為二年級的學生。今年雖然換班了，但去年是跟她們同班。之前她們也有買過悠宇做的飾品。

「怎麼啦～？」

她們跑過來之後，感覺有些興奮地對我說：

「欸欸欸欸！我可以問妳一件事嗎？」

「嗯，可以啊～」

「那個呀，那個！我們想問的是這個……」

一邊聽她們說話，我在腦海中一邊想著「啊，對了。我希望他那樣說的時候，直接這樣『拜託』悠宇不就得了。我好聰明啊～♪」這種很直接的點子……嗯嗯？這是悠宇身為飾品創作者「you」的名片嘛。是我發給大家的那個。

「這個怎麼了嗎？」

結果兩人面面相覷之後，感覺好像特別提起氣勢地問：

「聽說這個『you』就是平常都跟妳一起行動的夏目同學，這是真的嗎？」

聽了這句話，我花了一點時間，才總算理解是什麼意思……直到前一刻都還在腦中思考的既完美又奇蹟的計畫，一瞬間就被拋到九霄雲外去了。

♣
♣
♣

在辦公室聽了讓我心情非常沉重的事情之後，我才進到教室裡。

距離班會還有一點時間。現在到校的學生也還稀稀落落的。

（……咦？日葵不在班上。）

我還以為她會比我早進教室。

才這麼想的時候，突然就有人從身後點了點我的肩膀。轉頭一看，日葵就正在眼前……而且不知為何，感覺還很生氣。

「悠宇！你過來一下！」

「咦？呃，等等……唔喔！」

她突然就拉住我的手臂，把我帶出教室。

緊急出口旁邊，有一塊正好適合密談的地方。午休時間會有現充情侶在這邊親熱，是個禁止進入的地方，但一大早的這裡並沒有其他人在。

「悠宇！這麼重要的時候，你是跑去哪裡了？」

「呃，辦公室……」

「辦公室？發生什麼事了嗎？」

「呃～就是……」

當我撇開了視線，日葵便察覺到某種不對勁的狀況，並皺起眉間。

「悠宇。你該不會做了什麼壞事吧……？」

「啊，不，也不能說是壞事……」

我承受不了她這樣緊緊盯著的視線帶來的壓力，只好從實招來。

聽我說完之後，日葵的臉色越來越鐵青。

「悠宇。你期中考全都交白卷嗎……？」

「……嗯。」

日葵的頭髮倒豎炸了起來……感覺就像那樣。

「你為什麼要做這種事？」

理所當然地，這讓她怒不可遏。

「呃，我就想集中精神製作飾品……」

「唔！」

日葵不禁抖了一下。

當她發現自己也是這件事的起因之一，情緒就稍微冷靜了一點。日葵將掛在頸飾上的戒指拿了下來，並定睛細看。

那是將鵝掌草的永生花分解之後，做成好幾個更小的袖珍版鵝掌草，並讓它浮在樹脂戒指之中。創作者自己這樣講也有點奇怪，但這還真的不是一朝一夕就能完成的作品。

不僅如此。我們以園藝社的立場種植在學校花壇中的那些花也全都採集下來，並加工成花卉飾品。

畢竟本來也打算退學，除此之外的事我都沒在思考了。

「……我最近才發現，悠宇在奇怪的地方都超果斷的耶。」

日葵不禁伸手扶額，並發出沉吟。

別這樣誇讚我嘛……不，這完全是傻眼的意思吧。

「老師說光是課後輔導也不能解決這個狀況。好像這個星期日會幫我補考。所有科目都合格的話，就有辦法處理的樣子……」

應該說，真虧老師給我這個妥協的機會。我本來就不像日葵一樣是個優等生，對於學校活動之類的事，也不是會積極參與的那種人。原本這個狀況就算什麼都不跟我說，直接就是「再見了美好人生」也不奇怪。

「要是分數沒有合格呢？」

「就會被退學……」

日葵嘆了一大口氣。

「也是啦，畢竟你都交了白卷啊～無論如何，也只能認真念書了。我也會幫忙啦，放學後再一起念書吧。」

「抱、抱歉。這真是幫了大忙。」

……啊～太好了。

要是日葵傻眼地跟我說「你自己看著辦吧」，就變成我得自己一個人辦理去東京的手續了。

「話說回來，妳本來要跟我說什麼？」

「啊！對耶！都是悠宇做這種蠢事，害我差點忘記跟你說了！」

被喜歡的女生說蠢了……

這是怎樣，滿打擊的耶。至今身為摯友被這樣罵也不當一回事，現在卻覺得很受傷。感覺就像被一把不鋭利的刀子刺傷一樣。

接著，日葵鄭重其事地說：

「『you』的真實身分被人發現了！」

「……我？」

也就是說，被人發現我在製作花卉飾品嗎？

……哦～是喔。

「這樣啊。」

「悠宇，你會不會太冷靜了啊？」

「話雖如此，我也沒有要刻意隱瞞這件事……」

不如說想隱瞞這件事的人是日葵吧。

我之所以想向榎本同學隱瞞這件事，是因為我覺得她對於我做的飾品好像投注了什麼情感，所以是基於「想保護她的回憶」。但那也一下子就被識破了。

「大家都知道這件事了嗎？」

「不知道耶。跑來跟我講這件事的女生們，好像是看到上次ＩＧ的貼文就猜對的樣子。」

「這麼說來，照片也有拍到我呢。」

上次ＩＧ拍攝的店家，是榎本同學他們家開的蛋糕店。

我喜歡吃甜食，所以他們有請我吃東西。日葵說得沒錯，他們家的甜點真的非常好吃，讓我吃得很入迷。

……沒想到就被真木島那傢伙擅自拍了下來，還上傳到ＩＧ上。

「但就算被人發現是我做的，應該也沒差吧？我又不是在做什麼壞事。」

「有、有差啊！要是大家知道悠宇會做出那麼可愛的飾品……」

「要是大家知道我會做飾品？」

日葵朝我狠狠瞪了一眼，便用盡全力大喊道：

「悠宇說不定就會變得很受女生歡迎啊！」

「妳在說什麼啊……？」

真的是什麼意思？

害我還有點認真地聽她說，真是虧大了。

「才不會受歡迎好嗎，妳是笨蛋喔。」

「悠宇你才不懂啦！這世上就是有像榎榎那種喜好奇特的人啊！」

好痛好痛。

為什麼要狂揍我的肩膀啦？

「冷靜點，妳冷靜點。妳感覺好像開啟了什麼奇怪的開關耶。」

聽到我要補考的事還那麼冷靜地說我蠢，為什麼會因為這種事情自亂陣腳啊？這反而讓我覺得更受打擊。

「再說了，就算我受女生歡迎，日葵會吃虧嗎？榎本同學那時候，妳不是還做了一堆多餘的事情，想把我跟她湊成對。」

「唔唔……！」

日葵不知為何心生動搖。

她的眼神往另一個方向看去，雙手的食指還忸怩地纏在一起。

「因、因為……那個嘛，搞不好還會發生像之前那種事情啊。悠宇很不會拒絕別人，要是有人說想擔任模特兒，你可能隨隨便便就會答應了。而且哥哥也有說過，男人就是一種會重蹈覆轍的生物……」

「妳能不能不要再把那件事翻出來說了啊……」

這傢伙還在記恨我讓榎本同學擔任專屬模特兒的事情啊……

昨天我才剛賭上人生，向日葵表明我的想法而已。我也沒辦法就接著說「喔，這樣啊」。嘆了一口氣之後，我注視著她脖子上的頸飾。

「日葵啊。雖然昨天才說過一樣的事情，但我再說一次喔。」

「咦？啊……好、好的！」

日葵不知為何突然立正站好。她的臉感覺一點一點紅了起來。那樣的緋紅映襯在她白皙的肌膚上顯得格外漂亮。感覺就像秋天染紅枯山水（註：日式寫意園林的一種景觀）的楓葉一樣。

……不過，她這樣鄭重其事，害我也跟著害羞了起來。啊啊，算了，怎樣都好啦。班會也快要開始，這種時候就只能靠氣勢了。

我伸手觸碰著日葵脖子上頸飾的中心——那枚「摯友」的戒指。日葵不禁抖了一下，還輕輕嚥了一口口水。

「除了日葵，我也不會想把這枚戒指送給其他人。只要妳還戴著這個，我的首席模特兒就只有日葵而已。」

「…………」

日葵不斷地猛點頭。

……不，這樣感覺也超難為情就是了。一回想起昨天發生的那些事，在某方面來說，這難度比愛的告白還要高上許多耶。

總之，這樣就說出口了。完全ＯＫ。接下來，日葵只要像剛才上學途中那樣，說著「嗯呵呵～～悠宇你也太喜歡我了吧～～？」敷衍過去，氣氛就會一如往常了。

如同我的預料，日葵揚起不懷好意的笑容……

「呵、呵呵～悠宇啊，你真的也太喜……」

嗯嗯？

講到「喜」就停下來了。仔細一看，她的臉依然紅通通的，沒有恢復。而且她還緊緊握住雙手，並往後縮著腰，像是要吐出話來一樣。

「喜、喜喜……喜……！」

「喂，日葵？日葵同學～？妳好像滿頭大汗耶……」

「唔哇啊啊————！」

「咕嘩！」

啪的一聲，我就被賞了一記耳光。

這傢伙出手是來真的耶！

「為什麼打我啊！」

「還不都是因為悠宇一早就說那種裝腔作勢的話！」

「呃，那是我不好，但也不至於打我吧！」

日葵這時從口袋中拿出兩瓶Yoghurppe。

我下意識接過一瓶，並同時轉身跟她背對背。接著我們就在同樣的時間點插進吸管，猛吸著飲料一口氣喝完。

……很好，冷靜下來了。乳酸菌，今天也很感謝你。

我悄悄回頭。跟同樣回過頭來的日葵對上眼之後，我又連忙收回視線。

……太奇怪了。

我跟日葵之間的距離感，應該恢復了吧？總覺得在我們吵架之前，都能若無其事地說這種裝腔作勢的話啊。雖然會這樣講的人，主要是日葵。像是「悠宇熱情的眼神最棒了～♡」之類。

明明就跟平常一樣作為「摯友」跟她互動，但總覺得好像有哪裡不太對勁。

這是為什麼啊？還是說，昨天才搞砸了那麼多事情，多少會有些尷尬也是理所當然嗎？

……這種時候如果有共同的朋友在場，氣氛或許就會和緩許多。但日葵就算了，我又沒有那樣的朋友。

「……嗯嗯？」

冷靜下來之後，我無意間察覺到第三者的視線。日葵好像也注意到了，便跟我一起往走廊的方向看過去。

沒想到榎本同學正看著我們。

最引人注目的特徵，果然還是那頭偏紅的漂亮黑色直髮。

還有一雙細長的眼睛，給人有點難以親近的印象。

制服穿得鬆垮垮的，胸口還開得很低。

雖然同樣是二年級的學生，但我們不同班。

榎本凛音。她就是我的初戀對象。

榎榎、小凜等等，有著無數綽號。同時，用綽號來回應親近的對象，也是她的原則。

她的眼神緊緊地瞪著我們……不對，她只是在看著我們？榎本同學基本上都是一臉不開心的樣子，所以很難看得出她現在的心境。

榎本同學在一陣尷尬的沉默之後，才緩緩開口說：

「早安，小悠。」

「……早安，榎本同學。」

她每次講話都一定會從基本招呼開始。這就是家教很好的證據吧。

順帶一提，小悠指的就是我。她也用小葵稱呼日葵。

「榎、榎本同學？妳為什麼會在這裡？」

「我聽你們班上的人說，小悠你們往這邊走。」

「啊，妳是到班上找我們啊？抱歉。所以說，妳是從什麼時候來這裡的……？」

「小葵大喊『小悠就會變得很受女生歡迎』那邊開始。」

……什麼——？

也就是說，剛才那段太過難為情的對話全都被她聽到了。這麼說來，昨天去跟日葵講那些話的時候，也全都被她看到了是吧？……呃，這比我想像中更讓人想死耶。

「那個，榎榎……」

「…………」

日葵一向她搭話，榎本同學就冷漠地撇開了臉。

然後，她就很有禮貌地低頭致意。那頭帶著光澤的黑髮今天也很漂亮，讓我覺得若是有髮飾點綴一定會很好看。

「打擾你們了。」

「榎本同學！」

啊，她想逃跑的時候絆到腳跌倒了！

她沒事吧？我才這麼想，她立刻就站起身來。眼眶泛淚地朝我們這邊瞪了一眼，接著便一股勁地跑遠而去。

我們目送著她的背影，心情也完全冷靜下來。

「……悠宇。你跟榎榎之間怎麼了嗎？」

「……日葵才是，我看她躲妳躲很凶耶。」

我們面面相覷，哈哈地乾笑了兩聲。

（在我跟日葵吵架的時候，到底是發生了什麼事啊……）

但多虧了她，我跟日葵之間的尷尬氣氛也緩和許多。我們嘆了口氣，再次決心面對當前的問題。

「總、總之，首先要想辦法讓悠宇的補考合格吧。雖然也很在意身分被揭穿的事，但要是被退學就沒意義了嘛……」

「是啊。但該怎麼辦啊？」

「也只能認真念書了吧。不過，我想這只要交給哥哥就沒問題了啦。」

雖然是我自己搞砸的事情，但一想到要念書，心情還是覺得很沉重。

「從今天開始到星期日，放學後就不要做飾品了。跟我一起念書吧。」

「感謝妳……」

如果有可以重啟人生的按鈕就好了。

……總覺得我之前好像也想過一樣的事情。

話雖如此！

說真的，比起補考，「you」的身分被揭穿才是一大問題。

午休時間，我自己一個人走在走廊上。

悠宇現在留在科學教室看家。而且要是有那個時間，還不如拿出課本記個一頁的內容也好。

直到星期日補考之前實際上就只剩下三天而已耶。

真是的。悠宇太蠢了，要幫他善後的我未免也太辛苦。再說了，交白卷是什麼意思啊？問題也太嚴重了吧。悠宇有時候會讓人不禁覺得：「你的理性有在運作嗎？」

……不過呢。

反正那也是他對我的愛太過龐大所引發的悲劇嘛。

我不會感到多不開心，也是無可厚非吧。

說穿了，悠宇真的太喜歡我了啦～像我這麼可愛，又能為他這麼捨己的女生，真的很少見好嗎。悠宇這種內向的男生會因此有點失去理性，也是無可奈何啦～

……這可不是在說我喔。

這是在說「悠宇」太過喜歡「我」喔。ＯＫ？

總之補考的事情就交給哥哥，我得來調查清楚揭發身分的來源才行。

誰教悠宇是該死的弱雞心靈。要是隨便有女生仰慕地對他尖叫的話，他可能會緊張到對花卉飾品的製作產生影響。

反正人家也不是在想「這樣悠宇會被其他女生搶走——！」之類的事。

失去這份從容就不是日葵美眉了嘛。

（不管怎麼說，我都還有這個「摯友」的戒指。）

嗯呵呵呵呵～

我摸著脖子上的頸飾。

這個「摯友」的戒指，可是跟那些隨隨便便的花卉飾品截然不同。是再認真不過的，只為了我量身打造出獨一無二的作品。

這就是正妻的力量。而且冷靜下來想想，除了我之外，其他人也不可能有辦法成為悠宇這種花卉飾品中毒者的伴侶嘛。我為什麼要因為那點小事歇斯底里呢?天啊～真丟臉。

就連榎榎那件事也是,實質上就是我大獲全勝嘛!

真是對不起。我很喜歡榎榎,但這是兩碼子事。我不會搞錯自己最想要的東西是什麼。還是那個只會專注於自己的目標,其他事情都能輕易捨棄的冷酷女人。

真的抱歉囉。我也覺得滿過意不去。下次再找個感覺不錯的男生介紹給她認識好了。雖然會是僅次於悠宇的好男人就是了。更何況榎榎的可愛也是僅次於我,不管跟誰交往都會很順利啦。

一邊以摯友立場獨占悠宇,我也要掌握自己的完美結局。

為此,有個絕對要排除的障礙。

雖然是為了悠宇,但我實在沒什麼幹勁。不過,既然這是身為悠宇伴侶的職責,那也沒轍。

如果要借用哥哥說的話,這也是為了打造出讓悠宇可以專心製作飾品的環境。

(我已經鎖定好目標,盡快把事情解決掉吧。)

我打開通往屋頂的門。眼前是一片在鐵欄杆環繞下的遼闊空間。

就在那邊的角落,有一對情侶正在卿卿我我。女生讓男生躺在自己的大腿上。而那個男的則是一手搧著扇子。

我不認識那個女生,但我要找的是那個男的。一副輕浮的態度,就只有臉好看的男人。他果然就在這裡。都說笨蛋跟煙都喜歡高處,果然沒錯。

我帶著滿臉笑容，朝那個輕浮男開口說：

「真木島同學。方便借點時間嗎～～？」

真木島慎司。

悠宇唯一的男性友人，也是榎榎的兒時玩伴。同時，也是比起納豆跟靈異現象，我更討厭的傢伙。要不是為了悠宇，我絕對不會主動跟他攀談。

躺在學妹大腿上的真木島同學這才緩緩撐起身體，打了一個呵欠。一確認來者是我，便將扇子闔了起來。

「哦，是日葵啊。動作『比我想得還快』嘛。」

「嗯呵呵～那果然是你幹得好事啊。」

「當然啊。『you』的真面目這個話題，之前可是只有少數人在討論。事到如今要炒熱這件事，可是費了我一番工夫耶。」

「這個男人……老是在那邊礙事……」

真木島同學對感到有些不安的女朋友說：

「別擔心。她是我之前跟妳提過的，小夏的『搭檔』。」

所謂小夏，就是真木島同學給悠宇取的綽號。取自夏目悠宇的夏。

那個女生聽了就豁然開朗地說著「喔喔！」並朝我送上「我會支持妳的喔！」這樣莫名的鼓

勵。咦，這女生是怎樣？感覺有點恐怖耶。沒想到我這種程度的人，竟然只是不禁曖昧地乾笑兩聲作為回應。

「她好像是來找我談小夏的事情。妳可以讓我們獨處一下嗎？」

「好啊。不然我在另一頭等你吧？」

「不用了。跟她談完之後，我要去網球社參加午間練習。」

「那我就先回教室囉。」

那個女生拿著空的便當盒，朝我們低頭致意之後就跑掉了。看著那背影目送她離開之後，我感到有些費解。

「……她跟之前那些人是不同類型的女生耶。給人成熟穩重的感覺。」

「是嗎？」

「你不是比較喜歡愛玩的女生嗎？」

「那是國中的事了吧。在妳心裡，對我的印象還真的完全沒有更新耶。」

怎麼可能更新啊。

說到頭來，我根本不把你放在眼裡好嗎。要不是悠宇的朋友，我就連要跟你講話都嫌麻煩。

「啊哈哈，看來妳很討厭我嘛。」

「廢話。我差點就要被你害死了耶。」

真木島同學聽了只是聳了聳肩。

他感覺很厭惡地皺起臉，一邊搔著頭並索性坦言：

「說真的，我一點也不願回想起那件事情。我也是在那之後就改變自己的想法了。沒想到愛玩的女生一旦認真起來會這麼麻煩。」

「我對於你心境上的變化一點興趣也沒有，但我可不記得你有向我道歉～？」

「要我道歉不太對吧。不好意思，那時候我的狀況也滿慘的。除了妳之外的其他四個人聯手想要監禁我……」

「啊～～夠了。我知道，我知道了。那件事情怎樣都好啦，倒是你為什麼到了現在才要揭發『you』的身分？」

真木島誇大地張開雙臂。

「那還用說，這一切當然是為了讓小凜獲勝啊。」

「………」

一臉踐樣讓人有夠火大。

「不好意思喔，我告訴你，悠宇可是我的。我也喜歡榎榎，但唯獨這點我不會退讓。」

「怎麼，妳已經喜歡小夏到這種地步了喔。之前還一直主張戀愛這種東西是種危害一樣的日葵，現在變得真是圓滑啊。」

「……我是站在『摯友』的立場這麼說的，你不要誤會了。確實是我邀請榎榎來參與這件事，但要是因此讓我們之間的關係鬧起彆扭，就只好請她離開。」

真木島同學揚起竊笑。

「日葵啊。妳的立場不一樣了吧？」

「啊？」

令人火大。

這種給人找碴的語氣，跟某個人好像啊～真是氣死人了……我才不管什麼迴旋鏢呢。

總之，真木島同學還是用挑釁的語氣說下去。

「以前妳應該會說著『啊哈哈搞不好喔～』敷衍過去，現在真是一點從容也沒有啊。妳要是這麼拚命，可是會被小夏發現妳喜歡他喔。」

「………」

這傢伙真的很討人厭。

冷靜，冷靜下來吧，日葵。要是被這傢伙的言行舉止牽著走就沒戲唱了。為了冷卻自己的情緒，我從口袋裡拿出Yoghurppe，並吸著喝了起來。

……很好，沒事的。因為我是個沉著的女人。

「很可惜的，事情可不會如你所願喔。因為悠宇選擇的不是榎榎，而是我。他是個專情的人，不會隨便張望去注意其他人。」

真木島同學打從心底感到很無趣似的說：

「妳真的這麼想？」

「…………？」

當我一表現出賭氣的樣子，他更像是早就預料到我這種反應般笑了出來。

「小夏確實很專情。我也承認現階段是妳的勝利。但未來會怎麼發展可就說不準囉。畢竟我們就連下一秒的世界也沒辦法看透啊。」

他的扇子唰地指向我的鼻尖。

「妳就試著讓那份專情離開自己的手邊看看。要再奪回來，想必會很辛苦吧。」

緩緩地張開扇子之後，真木島同學遮住了自己的嘴邊。就只有銳利的雙眼感覺很愉快地笑彎了。

……真是混濁的眼睛。我唯獨就是討厭這傢伙的雙眼。

「我就明講了。日葵，是妳失誤了。妳真的那麼想要小夏的話，那時就該順勢把小夏帶去東京才對。妳應該要在『自己其實配不上小夏捨棄一切的覺悟』攤在陽光底下之前一決勝負。」

「……我不懂你這是什麼意思。」

他冷笑一聲之後，收起扇子。

「妳很快就會知道了。但不好意思，日葵對我們來說，造成不了多大的威脅。」

「…………」

說著這種不祥的話，真木島同學就離開了。

我待在這個沒有其他學生在的屋頂上，思考著他這麼說的意思。

……雖然很討厭那傢伙，但不得不說他從以前腦袋就轉得特別快。說真的，我完全不知道他究竟預測到了什麼。就不同的意思來說，他跟哥哥都是難以捉摸。

啊啊，煩死了，思緒亂糟糟的。把人放在掌心上耍得團團轉可是我的特權耶。

總之，我知道揭發「you」身分的這件事，是為了要把悠宇跟榎榎湊成一對的策略了。但為什麼向其他人揭露這件事，會對榎榎有利呢？

如果是為了榎榎著想，隱瞞悠宇的真面目不是比較好嗎？

……再想下去也不是辦法。總之，在週末到來之前先搞定補考這件事吧。榎榎那件事總不可能在這短短的幾天就會有什麼動靜吧。

放學後，我跟日葵一起前往犬塚家。

日葵的家……應該說他們家的豪宅，就位在山腳邊的住宅區。

那就在我念小學時通勤走的路附近。上下學的時候都能看到遼闊的瓦片屋頂。當我得知那個人稱「大官豪宅」的地方竟然就是日葵老家時，真的嚇了一大跳。

寬敞的門口現在是大開的狀態。以前好像有聳立著一扇大正時代就設置的巨大門扉，但在我們升上國中的時候就因為太過老舊而撤除了。現在只剩下高大的石牆圍繞在豪宅的四周。

（這麼說來，我已經有一年沒來了啊……？）

最後一次來這裡，是剛上高中沒多久，舉辦了一場慶祝升學的派對那時。好懷念啊。那時候在沒有門扉的大門上——

「賀！犬塚日葵（我家孫女）、

　夏目悠宇（我家孫女婿），

　　高中入學！」

掛著標有這種字樣的瘋狂大型布條，我還記得當時真的丟臉到要死了……說真的，光是如此就足以讓正值青春期的男生下定決心不想再靠近這個地方了吧。

根據日葵所說，當時說要擺出那個大型布條的主謀正是她爺爺，而且現在身體還超硬朗的樣子。一想到今天要跟他打招呼，就覺得心情相當沉重。

我將腳踏車停在踏入門內的地方。

眼前立刻迎來一片風雅的日式庭園。聽說這是她爺爺根據和她奶奶一起到京都旅遊時，所見所聞的印象打造。像是松樹以及各式色彩繽紛的植物，都打理得非常漂亮。

長著青苔的手水缽十分雅致。一旁還有盛開的繡球花。走在庭園裡間隔擺設的石板上，我一邊欽佩著這番卓越的品味。

以前這片景色好像是延續到豪宅的後方。現在後面已經重新翻整，變成自家菜園的田地。另一頭像是武家宅邸的木造平屋（註：只有一層樓的建築工法）建築就是住宅了。

「這麼說來，妳爺爺呢？我什麼伴手禮都沒帶就跑來了耶……」

「啊，你不用介意啦。爺爺住院了不在家。」

什麼？

我的書包差點就要掉下去時，「噗哈！」日葵笑了。

「別擔心。他之前在整理庭園時，不小心從梯子上摔下來。雖然沒有骨折之類的，但哥哥以檢查為藉口，硬是把他塞進醫院了。」

「塞進醫院是吧……」

那兩個人好像為了家庭內部的主導權而吵得不可開交。爺爺是想徹底鍛鍊雲雀哥，但雲雀哥卻想盡快將爺爺握有的權力都掌握在自己手中的樣子。有錢人家的家務事真是不得了。

「那就先跟妳媽媽打聲招呼……」

「她今天也不在家喔～田地那邊的工作交給幫傭處理，她今天一早就跟爸爸去外宿約會了呢～」

「真的假的。妳爸爸是外交官吧，他回來了喔？」

「嗯。而且也剛好是媽媽生日，夫婦倆就恩恩愛愛地跑去玩了～」

這麼說來，她好像有說過這件事。

她爸爸也是在世界各地飛來飛去的，偶爾回來也會有這樣的安排吧。

……嗯？

突然間，日葵揪住我的制服下襬。她還忸忸怩怩地捏著裙子的邊邊，抬起眼神朝我看了過來。臉頰上還泛起了一點潮紅，害羞地說：

「今天家裡就只有我跟悠宇……而已呢。」

「…………」

我伸手彈了一下她的額頭。

「好痛！」

「這招對我沒用好嗎。」

「噗～悠宇都不配合，我好寂寞喔～」

「是誰讓人不想配合的啊……」

而且今天雲雀哥一定在家吧。

我才沒有純真到會被這麼明顯的惡作劇給騙了。

「總之，得先去跟雲雀哥打聲招呼才行。上一次跟他見面是他載我去AEON那時了吧。」

「咦？哥哥也不在家啊。」

……啊？

我回頭一看，日葵一臉費解地歪著頭。看起來就像在說「咦，我說了什麼奇怪的話嗎？」的樣子。

「但今天不是要請雲雀哥教我念書嗎？」

「我只是說『交給哥哥就沒問題了』，但又沒說是哥哥要教你念書。」

「呃，我不知道這兩句話是差在哪裡。」

「哥哥很努力工作，也真的很忙嘛～譬如他會把以前參考書上寫得滿清楚的地方，重點式地彙整起來傳給我，我再看著那些內容教你啊。」

「啊，是這個意思……」

原來如此。

日葵確實說得很有道理。而且一般來說，這樣才比較實際吧？畢竟菁英社會人士怎麼可能會為了教高中生念書而早退。

……咦？

所以真的是跟日葵兩人獨處？她爺爺住院、爸媽去約會，雲雀哥也在上班吧。雖然他們家有請幫傭，但我聽說這時間幫傭已經下班了。順帶一提，犬塚家的大哥已經在好幾年前就離開城鎮，現在好像是個幹練的地方議員。我也只跟他見過一次面而已。

（也就是說，真的是和日葵兩人獨處……？）

一旦產生這樣的自覺，我的臉頰就突然熱了起來。

不不不，等一下等一下等一下。我好不容易才剛恢復冷靜而已耶。突然就跟喜歡的女生兩人獨處，我也很傷腦筋。確實在這之前也常有這樣的情境……不對，仔細想想我們兩人獨處的時間反而才壓倒性地多吧？

直到上個月，我的腦子裡到底都在想什麼啊？在那麼不得了的狀況下，真虧我有辦法若無其事地把她當朋友看待耶。都有點值得尊敬了。

別想太多。我們是摯友。摯友可不會出那種差錯！

當我暗自苦惱時，日葵伸手握住玄關門把。

「那你就在大廳等我吧。我先去換個衣服～」

「喔、喔……」

緊張的情緒讓我回應的話聲不禁拔高。在我心中，和尚都準備好要開始唸般若心經了。

接著，日葵就開啟大門。

——「啪啪啪！」這時響起拉炮的聲音。

眼前滿是飛舞的紙屑，以及嗆人的煙硝味。

飛出來的紙緞帶先是勾上我的臉，這才無力地垂落地面。

白色煙霧散去時，一個將一頭黑髮往後梳的帥哥露出燦爛不已的滿面笑容，對我張開雙臂。

「嗨，悠宇！歡迎你今天來到我們家！」

「……你好，雲雀哥。」

我想也是～～～～！

因為這個人可是只為了見我一面就放下手邊的工作，並開著進口車跑來。不如說這麼愉快的活動，他怎麼可能不參加。

我看向身旁的日葵。

她用雙手摀著嘴邊，拚命地忍笑。

……好。我知道了。是我輸了。這是獎勵時間對吧。

「日葵————————！」

「噗哈啊啊啊啊啊啊啊啊啊啊啊啊！」

沒想到竟然有兩個階段，實在太可怕了。我完全中了她的道。

那個日葵捧腹蹲了下來，笑到渾身顫抖不已。也是啦，看我上當得這麼徹底，想必覺得很痛快吧。

「日葵，妳真的饒了我吧。」

「啊哈哈。誰教悠宇真的那麼緊張。等等，笑到肚子超痛……」

「沒有好嗎！我一點也不覺得緊張！」

「是嗎～？可是啊～悠宇剛才的表情超色瞇瞇的耶～」

才沒有色瞇瞇。妳這傢伙，不要在雲雀哥面前隨便說那種話。

要是被這個人發現我的戀慕情感，感覺就會說：「既然如此，早說嘛。悠宇，你不用再念書也不需要學歷了。相對的，來填一下這個吧。」然後就逼著我在結婚證書上押下拇指印。

「不過說真的，雲雀哥你的工作怎麼辦？聽說你平常都爆炸忙，常忙到半夜才回家……」

「哈、哈、哈。放心吧。為了拯救悠宇的絕境，我把今天的會議全都丟給部下去處理了♪」

「沒有任何可以感到放心的要素耶……」

而且他的部下也太可憐了。上輩子到底是做了多少壞事，才會發生這麼悲慘的事情啊。竟然要代理雲雀哥做事，換作是我就會抱著被開除的覺悟逃跑了。

一邊走向大廳，我朝著那感覺心情就很好的背影低頭。

「今天為了我趕回來，真的很不好意思。」

「別這麼見外。為了未來的弟弟（妹婿）盡一己之力也是理所當然。」

他一邊華麗地夾雜了跟平常一樣的弟弟玩笑……應該是在開玩笑的吧？

總之，我們來到了大廳。

坐鎮在正中央的，是一張巨大又厚實的整塊原木桌。在四周大概可以圍起十人座的桌子上，堆滿了大量參考書，輪廓看起來就跟一座艾菲爾鐵塔一樣……這應該不是全都要拿來教我的吧？

雲雀哥從疊得跟山一樣高的參考書中拿起一本。

戴上無度數的眼鏡之後，他揮了揮不知道從哪裡拿出來的一把教鞭。犬塚家的人，真的很喜歡從形式著手耶。

「好了，我們立刻開始吧。我大學的時候，有在一間滿不錯的補習班擔任過兼職講師。不是我在自豪，不過當我在那邊打工的期間，考上東京六大學的升學率是有史以來最高的。資深講師甚至說著：『再這樣下去我們會丟掉飯碗拜託你快走吧！』就把我趕出來了。」

「總覺得因為最後那個多餘的情報，讓我聽不出這是一段佳話……」

「哈、哈、哈。所謂英雄，永遠都是存在於讚賞與誹謗之間呀。」

不過，這可是很不得了的成就。也難怪日葵會說「交給哥哥就沒問題了」。

「好啦，那總之先讓我了解一下悠宇現在的學力吧。我準備了自己設計的幾個小考題目，你來寫寫看。」

「好、好的！」

太厲害了……

他應該是今天中午才知道我要補考吧？他的工作真的沒問題嗎？那個部下明天還會活著嗎？

「我看看，第一題是……嗯嗯？」

這問題不在這次的考試範圍內？

應該說，學校大概一次都還沒教過這個內容。

「雲雀哥，這題是……？」

「這題？這是我將去年東大入學考的題目拆解後重新構造而成的。」

「東大？那個，我這次是要補考期中考……」

「嗯，這我當然知道。悠宇你還真愛操心呢！」

雲雀哥拍著我的肩膀，快活地笑了起來。

……不過，這是為什麼呢？我總覺得那副笑容當中帶著一點寒意。證據就在於他抓著我肩膀的手，力道莫名地強勁。我能感受到一股「絕對不會讓你逃走」的意志。

「呵呵。我從很久之前，就跟日葵抱持著相同的意見。悠宇在製作飾品的瞬間，才是最耀眼的。而且我深信悠宇的花卉飾品，總有一天可以讓這個城鎮聞名世界。」

「不、不敢當……」

「正因為如此，我無法忍受任何會妨礙到這件事的東西。你不覺得準備考試就是最明顯的例子嗎？一年當中那麼多次準備考試的期間，你都得暫時放下這份才能，簡直是世界的損失。」

「然、然而，既然我身為學生，這也無可避免……」

「那可不一定。唯有一個辦法可以克服這件事情。」

雲雀哥那雙漆黑的眼睛之中，散發出暗沉的光輝。

「就趁這個機會，將高中三年應該具備的學力全都灌輸給你。如此一來，往後你都不用準備考試了……不，乾脆讓悠宇直接考取東大也是個不錯的點子。」

「咿咿……！」

他完全打開奇怪的開關了！

真不愧是雲雀哥，這麼若無其事地說出一般人連作夢都想不到的事情。更何況一般來說這根本不可能好嗎。

「日、日葵。等等，救……咦？」

當我回過頭時，日葵正一點一點緩緩拉上紙門。她用憐憫的視線從那頭看了過來。

「日、日葵？妳要去哪裡？」

「嗯～我想說還是回房間寫功課好了。」

「妳、妳不是說會陪我一起念書嗎……？」

「我本來也是這樣想的啊～但既然哥哥的開關都開到這種程度，我在反而礙事吧……」

「不，但總覺得雲雀哥散發出來的氣場很可怕……」

日葵露出燦爛的滿臉笑容。

若要用說的表達，就有種「我能明白你想跟換上家居服也肯定很可愛的我一起玩，但你知道自己處在真心笑不出來的狀況嗎？」這般無言的壓力。不，我確實切身體認到她的可愛，但那樣好像我只因為不懷好意……好的，也是呢。我會努力念書。

這時，有人從我身後輕拍了一下肩膀。

回頭一看，只見雲雀哥的無度數眼鏡閃現了一道光芒。那雙眼睛的深處似笑非笑的……難不成這就是日葵所懼怕的「開啟工作模式的雲雀哥」吧？

「哈、哈、哈。悠宇。來，跟著哥哥一起學習吧。」

「……請多多指教。」

我不會逃。我真的不會逃走，請不要用超強勁的力道拉住我的手臂好嗎。

……我一在桌邊坐下，就開始享受這段與帥哥兩人獨處的時光。

♣
♣
♣

……還真～～～～的跟雲雀哥一起念書念到隔日了。

救命啊。有夠累。快死了。雲雀哥教起課來超斯巴達。我真的學了高中三年份的課程。頭超痛。

現在是半夜兩點。距離明天上學還有六小時啊。

在那之後，我就再也沒看到日葵的身影。她中途雖然有拿飯糰來給我們當晚餐，但根本無暇顧及。只要一瞬間有點分心，就會被雲雀哥那神祕目光固定住身體並逼著念書……跟第一次見面時相比，他的技能真的越來越突破人類極限了。是不是只要在市公所上班，大家都會變這樣啊？

將參考書疊好並在桌上敲了敲整理好之後，雲雀哥說：

「呼嗯。比我預料中還花上更多時間呢。看來我的能力也衰退了不少。」

「不不不。問題應該出在我身上吧。」

「才沒這回事呢。悠宇，你比我想得還更快融會貫通。明顯多少有些資訊太過繁瑣的部分。要是我能整理得更好吸收，應該可以提早一小時結束吧。」

他一邊點頭沉吟，一邊用手機確認日程。

「還能拿來準備考試的時間，就只有星期五放學後，以及星期六一整天啊。星期日從早上就要進行補考還滿傷的。」

「不，說真的，光是現在這個階段可以預習到這個地步，應該就沒問題了吧……」

「哈、哈、哈。你有這股自信是很可靠，但念書不是這麼簡單的事。現在只是把資訊全都灌輸給你而已，要記住這些內容就必須經過大量的反覆練習才行。」

嗯，這麼說也是啦。製作飾品也一樣，只是學習到新的製作技術並沒有意義。想要融會貫通並穩固成自己的工藝之一，就必須經過好幾倍的練習。

雲雀哥一邊確認時間，感覺很懊悔地緊握拳頭。

「但這下子可傷腦筋了。你現在回家的話，就沒辦法確保足夠的睡眠時間。為了加強記憶剛才學習到的內容，就算只是多了一分一秒……也必須盡可能增加睡眠時間啊！」

……他的語氣好像格外強調的樣子。

咦，是怎樣？要我立刻回家的意思嗎？那是當然。我也很累了。

「好的。那就明天再請多多指教……嗯嘎！」

我邊整理自己的東西邊這麼說，突然被他抓住肩膀。好痛痛痛痛……咦，怎麼了？我有說出什麼奇怪的話嗎？

當我感到費解時，雲雀哥露出笑容可掬的微笑。

「悠宇。不是這樣吧？」

「啊？」

他默默遞過來的，是包含浴衣、當宵夜的杯麵以及牙刷的套組。如果要替這套東西取個名稱，那就是「犬塚家風格・留宿套組乙組」了……順帶一提，另有一瓶雲雀哥的蘇格蘭威士忌。

「今晚就跟未來的哥哥一起暢談到天明吧♪」

「雲雀哥？你剛剛不是才說睡眠時間很重要嗎？」

「哈、哈、哈。悠宇，你是在害羞嗎？別擔心。我已經有取得咲良的同意了。沒有任何東西可以阻礙我們的夜晚。」

「不不不。啊，那個啊，我沒有帶明天要穿的制服之類……」

「放心吧。我這邊也替你準備好明天穿的制服了。尺寸也剛剛好喔！」

「你為什麼會知道我的尺寸呢……？」

就連日葵也不知道吧。這實在太恐怖了，我都要不禁顫抖起來了。

我拿著自己的東西，拔腿衝到大廳的出口。

「很抱歉，但我真的要回家……咕啊！」

「休想！」

當我想要逃走時，他就從背後擒抱住我，並滾倒在榻榻米上。儘管已經離開第一線，看來他大學時代在橄欖球隊中被戒慎恐懼地稱為「牙狼」的銳利攻擊仍然健在！

那個轟動關東地區的最強王牌（我不知道他是哪個位置的球員！），正一把鼻涕一把眼淚地在深夜放聲叫喚！

「有什麼關係嘛！平常都是日葵在跟你玩，就只有在這種需要人打雜的時候我才能跟你見到面。我們今晚來聊戀愛話題吧！今天務必讓我聽你談談是怎麼看待日葵的！」

「老是在需要人打雜的時候找你幫忙，我感到很過意不去！但雲雀哥，日葵本人就在家裡耶！再怎麼說我都不能在有女生的屋子裡過夜吧！」

「只要日葵本人答應就可以了是吧！」

「你是小朋友喔！」

「對啦，被當小朋友也沒差！我要奪回長大成人之後失去的重要事物！」

「你說得好像什麼名言佳話似的，但只是在耍任性而已吧！」

這時，紙門緩緩開啟。

只見日葵就在那頭一臉無奈地嘆著氣……看來她還醒著的樣子。

「悠宇。洗澡水放好了，快去洗吧～」

「啊，好的……」

她果斷地對我這麼說，便確定在這裡過夜了。

♣ ♣ ♣

一邊帶我到浴室，日葵快活地笑著。

「我家哥哥那樣真是抱歉啦～他最近真的工作超忙嘛～看他這樣壓力超大的，偶爾也要給他一點獎勵才行。」

「不，說到頭來，他也是在陪我念書……咦，難道我是供品嗎？」

「噗哈！」日葵笑了出來。

眼前日葵正穿著一件藍色花卉圖樣的浴衣。大概是牽牛花吧。雖然有點褪色而看不太出來，但能確定的是穿在她身上好看到莫名其妙。

「妳在家竟然也穿浴衣，未免太潮了吧？」

「什麼？你是說鑽研和洋折衷穿搭的日葵美眉太可愛了，現在就想抱緊緊親下去？」

「我才沒說～我才沒有那樣說好嗎啊啊啊！」

雖然沒有說，但我確實這麼想過。

一瞬間我還以為被她看穿心思，心臟差點就要停了。

順帶一提，我還覺得可以從領口看見鎖骨真是太棒了。就我個人來說，纖瘦的女生穿起浴衣比較好看。但這個議題感覺會掀起戰爭，所以我也不會再說下去就是了。

「這好像是我奶奶以前穿過的浴衣。爺爺看了會很開心，也會變得超慷慨～所以天氣開始變熱之後我都會穿這個。」

「妳也太過分了吧。竟然把爺爺的回憶換成現金，我覺得這樣很不好。」

「嗯呵呵～我就是拿了這份零用錢，才能跟悠宇一起去AEON吃Mister Donut啊～」

「啊，我也在不知情的狀況下成了共犯是吧……」

我朝著爺爺住院那間醫院的方向低頭致歉。

真的非常抱歉。但我抵擋不了天使巧貝的魅力。

「話說回來，妳還沒睡難道是在等我嗎？」

「也不是啦，我平常到這個時間也還沒睡。才剛洗完澡，正出來納涼一下。」

我差點就因為「洗完澡」這幾個字而做出反應。

剛洗完澡的美少女……再加上鎖骨重點的附加價值，整體來說變得很不得了。這要是搭配上我做的飾品……嗯——頭髮還濕濕的，果然還是戴在脖子上嗎？但說到頭來，我總覺得花卉飾品跟剛洗完澡的契合度不太好。

當我想著剛洗好澡的飾品是什麼鬼東西啊感覺就很賣的時候，就對上日葵直直盯著我的那道視線。

「悠宇。你也看過頭了吧。」

「啊，不，那個……我是在想怎樣的飾品跟浴衣搭配起來比較合適……」

日葵捏著衣襟，稍稍掀開了一點點。接著，她臉上揚起不懷好意的一抹竊笑。

「我可沒說不能看喔。」

「住手啦！」

我連忙撇開視線。

內在依然是平常的日葵。真希望她能考慮一下現在的氣氛……不過平常總是戴著頸飾的地方留下了一點沒曬到的痕跡，看起來是滿性感的。

來到浴室之後，打開電燈。

「來，就是這裡。換下來的衣服就放進洗衣籃吧。反正你明天也會來，在那之前會請幫傭幫你洗好。」

「真的假的，謝謝……哦哦！」

更衣室感覺很像傳統溫泉會有的那種……難不成這裡以前是很多人會使用的澡堂嗎？畢竟他們家世悠久，說不定以前工作方面的弟子們也會借住在這裡。

朝浴室一看，眼前就是一區澡堂。感覺可以同時五個人一起泡澡的檜木浴池裡，盛著滿滿的熱水。室內瀰漫著白煙的熱氣。

哦～～好棒喔～～感覺就像漫畫一樣～～

雖然來這裡玩過很多次，但不管怎麼說這還是第一次留下來過夜。也就是說，這也是我第一次借用他們家的浴室。這讓我拋開地獄般的念書時間，心情都有點高昂了起來。

「好耶。那我這就……」

……咦？更衣室的地板有點濕濕的。

不過，這也是理所當然。日葵就說了，她剛洗好澡。

（日葵泡過的浴池啊……）

我不由得當場抱頭苦惱。

不不不。雖然是在雲雀哥的逼迫下，而且日葵也表現得若無其事的樣子便接受了這個好意，但留下來過夜還是不太妙吧？

直到上個月為止我說不定還不會為此感到苦惱，但現在有點不太妙。再說了，日葵妳也不要答應啊。我姑且是個男生耶。

……不過這也代表她是這麼信賴我啦。

（別苦惱了，悠宇。這跟做飾品一樣。我只要想著回應日葵的期待就夠了……！）

我脫下衣服，踏入澡堂。

有三處沖澡的地方，剛才日葵用的是哪一個呢……不不不，我在想什麼啊？白痴嗎？我是白痴吧。

總之，我選擇了距離入口最近的角落沖澡處。在這麼寬敞的澡堂裡，卻覺得角落才最讓人感到放鬆，我還真是標準的市井小民耶。

唰地用熱水沖過身體。身子暖了起來之後，感覺也冷靜了一點……

「悠宇～～我稍微開個門喔——」

「呀啊啊啊啊！」

不等我做出回應，在我身後的門就敞開了。我不禁尖叫出聲，更忍不住用雙手分別遮住胸部跟下半身。

回過頭一看，日葵探出臉來，「噗哈！」地笑了笑。

「你是黃花閨女喔。」

「少囉嗦啦！我又沒被女生看過裸體！」

「可是悠宇，你之前不是說跟咲良姊一起洗澡～」

「不要用那種引人誤會的說法好嗎。那次只是因為咲姊要幫大福洗澡才會闖進來。」

所謂大福是指我家那隻白貓。雖然是白貓，但就只有肚子上的毛色是黑色的。當牠蜷曲起來睡覺時，外觀看起來就像包了紅豆餡一樣。

「是說，妳幹嘛開門啦？」

日葵朝我遞出一個包裝完整的沐浴巾。

「拿去。這是洗身體的毛巾。我順便幫你準備了新的浴巾，等一下就拿去用吧。」

「謝、謝謝。我剛才忘了……咦？」

當我伸手想要接過來，眼前的東西卻往旁邊閃躲開。我再一次為了接過沐浴巾而伸出手。然後又再一次被躲掉了。

「日葵，妳幹嘛？」

「悠宇啊～你今天非常努力了呢～」

「呃，是啊。我覺得自己努力了一輩子的份。」

她想說什麼啊？

日葵帶著不懷好意的竊笑，接著露出滿面笑容。

「嗯呵呵～要不要我幫你刷個背，當作獎勵啊？」

「噗嘩！」

我不禁發出奇怪的聲音。

天啊，這孩子究竟是在說什麼！

「喂，日葵。妳別說這種蠢話。」

「我想說沒能陪你一起念書，至少也要慰勞你一下吧～」

「男女之間再怎麼說也不行好嗎，而且雲雀哥也在家。」

「我們雖然是一男一女，但也是『摯友』對吧？」

在我感到畏縮時，日葵就一邊戳著自己的臉頰挑釁地說：

「還是說，悠宇是把我當作異性看待呢～？」

「…………」

煩死了。

反正她就跟平常一樣在整我吧。不管怎麼說，我都看透了啦。這樣講雖然不太好，但跟上個月她說「要親嗎？」所帶來的衝擊相比，不得不說還是有點相形見絀。

回想今天早上對日葵的戲弄做出反擊時的情形吧。那時候雖然失敗了，但我也不是一直只能被她要著玩。

「那妳就幫我刷背吧。」

「什……」

日葵僵在原地。

仔細一看，她的臉頰也漸漸泛紅了起來。在這個充斥著熱氣的澡堂裡，那道色彩看來格外動人。她感覺有些困惑的樣子，慌亂地喃喃著：「啊，呃……？」

天啊，好可愛……呃，不對吧。

雖然是在念書到累慘的狀況下，我還是不禁做出反擊了。

不過，如此一來她應該就能明白了吧。我也不是會乖乖任她擺布的。在這場戲弄對方的戰爭當中，我們之間的武力平衡已經達到對等的程度……

當我這麼想的時候，日葵感覺很害臊地悄聲說：

「好、好啊。那我去脫個衣服……？」

「咦……？」

更衣室的門就這麼關上了。

接下來，那頭傳出細微的衣物摩擦聲響。

（………………咦？）

毛玻璃的另一側，有道正在緩緩脫著衣服的人影……

不是啊，只是要刷背吧？既然如此應該沒必要脫衣服……不不不。這不是重點。日葵同學，再怎麼說妳也太大膽了。

這時，她悄悄探出臉來。一張臉通紅到跟剛才完全無可比擬。

「悠宇。感覺還是很害羞，你閉上眼睛嘛……」

「啊，好的……」

好個屁啊。

太過出乎意料的發展，讓我的身體不禁變得相當聽話。當我閉上雙眼，就傳來一道緩緩踏入澡堂的腳步聲。

她真的走過來了？

我的身體忍不住緊繃起來。她感覺正緩緩繞到我的身後。

就像平常她在科學教室緊緊抱住我的姿勢……

不得了。冷靜點啊。不，不可能不可能。這種情況下，不可能有辦法冷靜下來吧。換作一個月前還是「摯友」的話……不，即使如此也不可能吧！

現在這個情境比那次在科學教室裡聽她說「要親嗎？」還更加糟糕。她都脫了耶。那個讓我再次體認到可愛得要命的日葵，現在就在我身後……

死定了。都是因為回想起那件事，害我連當時日葵溫熱的氣息都鮮明地回想起來了。那時帶著Yoghurppe香甜氣味的氣息，吹動了我的瀏海。

這時，她的手輕輕觸碰到我的雙肩。

（啊啊啊啊啊啊啊啊啊啊啊啊啊啊啊啊啊南無阿彌……！）

我猛然睜開雙眼。

與倒映在鏡子上，正待在我身後的人物對上眼——

「嗨，悠宇。我來幫你刷背吧♪」

「…………」

那人並不是日葵，而是全裸的帥哥。

我朝著更衣室的門看了過去，只見日葵露出半張臉，「噗噗噗噗……」地在忍笑。那件浴衣也還穿得好好的。

「日葵————！」

當我猛然站起身衝去開門時，日葵早就不在那裡了。更衣室另一頭的走廊傳來咚咚咚地逃跑的腳步聲，以及「噗哈啊啊啊啊啊啊啊啊啊啊啊啊！」這樣大爆笑的聲音，並漸漸遠去。

妳這傢伙，現在半夜兩點耶！就算是獨棟的房子，也會吵到鄰居……呃，這不是重點！

我沉重地大嘆一口氣之後，這才回到沖澡的地方。

與雲雀哥隔著正常距離，在旁邊各自刷洗起身體。

「雲雀哥。那樣跟著她起鬨不太好吧。」

「哈、哈、哈。不不不，我也沒想到你的反應竟然真的就跟日葵說的一樣。看來你們都很了解對方呢。」

我完全開心不起來。

究竟是要多悲慘，才會在摯友的親人面前上演一齣有點色色的戀愛喜劇家家酒啊？我上輩子難道就真的這麼十惡不赦嗎？

（但我也沒有產生什麼期待喔！）

雲雀哥將一盆熱水從頭上倒下去。洗掉髮蠟之後，瀏海也濕潤地垂了下來。這樣看起來，他就像個感覺有些內向的青年。

接著雲雀哥面帶笑容地說：

「不過，原來你們平常都會玩這麼大啊？」

咕啊……！

我差點就要心臟麻痺了。至今維持在微妙地不被發現的狀態，這事實終究還是被看穿。

「啊，不是，那個……日葵都會這樣鬧我，就算我要她住手也講不聽……啊，當然我們是絕對不會出什麼差錯的！」

「啊、哈、哈。你不用這麼警戒啦。我沒有權利干涉日葵跟她摯友之間要怎麼來往。」

雲雀哥一邊哼著歌……這麼說來，他很喜歡西野加奈。總之他一邊仔細地清洗著身體，一邊對我說：

「能遇到像悠宇這樣如此真摯的男生，日葵真是個運氣很好的人。」

「不不不。這就誇讚過頭了，請別這樣說。」

實際上，我現在心中萌生了一點戀慕之情，也不知道自制力可以撐到什麼時候。

感覺疲憊不堪地洗完身體，我便跟雲雀哥一起泡進浴槽。就算兩個大男人自在地伸直雙腳，空間還是綽綽有餘。唯有這點是在我家無法體驗到的事。今天有留下來過夜真是太好了。

當我享受著這寬敞的澡堂時，雲雀哥露出爽朗的笑容說：

「不過啊，按捺不住的時候隨時出手都沒關係喔♪」

「喂，做哥哥的。你說這什麼話？」

「咦？悠宇，你不覺得我們家日葵可愛嗎？」

「所以就說了我們是摯友啊！」

「原來如此。也就是說，你也立下了不與三次元女性交往的誓言啊……」

「不是好嗎！是說雲雀哥，你立下了那麼危險的誓言嗎？」

「但這真是傷腦筋啊。如此一來，讓你跟日葵結婚並成為我弟弟的計畫就受阻了……」

「聽我說話好嗎？欸，聽我說話啊！」

雲雀哥這才猛地回過神來。

他使勁地抓住我的肩膀之後，露齒燦爛一笑，更豎起拇指。

「別擔心。就算現實生活中不再是處男，也不能說是真的從處男身分畢業。」

「我真的聽不懂你在說什麼耶！」

「就算玷汙了身子，你的心依然純潔喔！」

「拜託你不要有點惱羞的感覺，把女性關係的心理陰影加諸在我身上好嗎！」

我看這個人是因為工作過度忙碌的反作用力，以至於心情亢奮了起來吧？

我拚命安撫他好一陣子，這才「呼～」地心滿意足嘆了口氣。

「好啦，玩笑話就說到這裡……」

那些真的是玩笑話嗎……

我覺得非常不安耶。

「這麼說來，看樣子你跟日葵已經和好，我也放心了。」

「咦……！」

我不禁緊張了一下。

這是什麼意思？難道他知道我跟日葵吵架的那件事嗎……

「哈、哈、哈。當然知道啊。不管怎麼說，畢竟是我嘛♪」

這句話的說服力不得了……

是說，真是如此也太丟臉了吧？他為什麼就連跟摯友間青澀的第一次吵架都瞭若指掌啊……

咦？難不成他連上個月「要親嗎？」那件事都知道？應該不至於吧？

我渾身顫抖了起來，這時雲雀哥一邊點頭繼續說道：

「事情鬧得那麼大，我還很擔心日葵有沒有好好道歉呢。別看日葵那樣，她也是在倍受寵愛的環境下長大的嘛。」

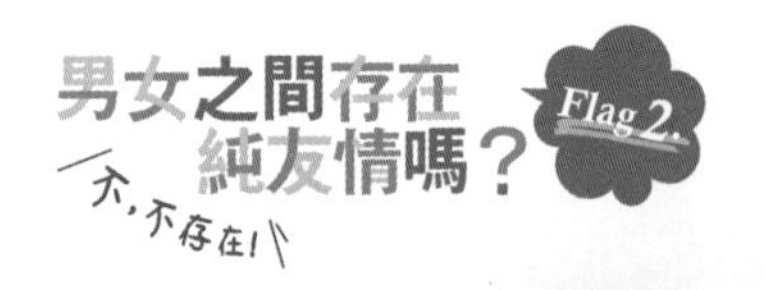

「不，這看得出來就是了。」

「哈、哈、哈。我很喜歡悠宇這樣直言不諱的一面喔♪」

救命～他對我的好感度，如果可以跟日葵交換就輕鬆多了！

……嗯嗯？我怎麼覺得他剛才這樣的說法好像有點出入耶。

「你是說日葵向我道歉嗎？」

「嗯？昨天日葵有好好向你道歉了吧？我聽說是因為這樣你們才會和好，但還是很擔心你們有沒有好好相處。不過今天看到你們跟平常一樣和睦融融的樣子……」

……果然還是有些微妙的出入。

因為道歉的人是我，而且這次吵架的原因也出在我身上。日葵沒必要向我道歉吧。

「呃，我們確實是和好了。但道歉的人是我，日葵並沒有做錯什麼事耶……」

「…………啊？」

雲雀哥回應的話聲低沉了三度左右。

與此同時，他啪唰地在浴槽中站起身來。

「……雲、雲雀哥？」

雲雀哥依然是張著腳雙手扠腰的樣子，緊盯著水面看。他臉上看不出任何感情，唯有一雙漆黑的眼睛散發璀璨的光輝。

「呵、呵呵……呵哈哈哈！」

「雲雀哥。你、你怎麼了？」

「沒有啦，小事。而且也不是悠宇害的喔。硬要說的話，就是發生了一件在我人生中排行第二屈辱的事情……僅此而已啦。」

「那應該是一件大事吧……」

我打從心底顫抖了起來，這時雲雀哥朝我這邊轉過頭來。

他此時臉上帶著跟平常一樣的表情……不，應該說是自從我認識他以來，堪稱最棒的溫柔笑容。

不過，這是為什麼呢？看了這樣的表情，我反而打從身體深處竄起一陣寒意……感覺就像目睹了「只要看到三次就會死的畫」那種東西一樣。

「悠宇。你可以跟我說得詳細一點嗎？」

「……請儘管問吧。」

大概是日葵做錯了什麼事吧。雖然產生了這樣的直覺，但我也無能為力。

日葵，抱歉。

下次見面的時候，我可能沒辦法看著妳的眼睛說出「我們是摯友」了……

◇◇◇

嚇死我了～～！

嚇死我啦————！

嚇死我了啦～～～～～～～～～～！

我對著悠宇「噗哈～～！」地笑完之後，就回到房間在床上翻滾著。

都已經過了十分鐘左右，但飛快的心跳完全沒有要趨緩的意思。這是怎樣？我的身體是不是出了什麼問題啊？

我不禁回想起剛才悠宇的回擊。

沒想到他竟然真的會做出反擊。要不是因為早上那件事讓我產生了一些抗性，我不就會在毫無防備的狀態下被擺了一道！

不過哥哥剛好過來，才連忙跟他交換就是了！

（……要是哥哥不在的話，事情會變成怎樣呢？）

既然是自己講的，總不能後來才說「騙你的噗～」吧？而且要是那麼做，豈不就輸了。所以，那個狀況下我就會幫他刷背囉？不不不，再怎麼說也不會脫衣服就是了。

但跟悠宇一起……在我們家的浴室裡兩人獨處？

「哇啊啊！」

我把臉埋進枕頭，放聲大喊。

事到如今我才發現自己剛才那個玩法：「好像非常危險耶？」不，只要是悠宇的期望，在我能力範圍內的事情我全都想替他實現。不如說，要是看到他跟除了我以外的其他人那樣做，才真的會覺得很討厭。

但要是因此破壞了我們之間的關係呢？

我們身為摯友的羈絆，可說是已臻完美。但只因為榎榎的介入就變得那麼混亂。

雖然有一部分是由於她說我們之間的權力平衡不正常造成的，但這也讓我理解到，我們之間的關係並不如我原先所認為，「面對外來攻擊依然能固若金湯」。

……要是做了一些新的嘗試，就有可能破壞掉我們累積至今的關係。

「其實，應該全都跟之前一樣才是對的吧……」

但是，但是啊。

現在這樣感覺也不錯嘛！

總覺得自從悠宇會對我做出反擊，就會產生莫名像在走鋼索般的感覺，帶著剛剛好的顫慄感，讓我覺得緊張又刺激。像之前那樣欣賞單方面害羞到不行的悠宇也很不錯，但現在這樣會讓人上癮。有一種難以抗拒的魅力。

我好像在什麼地方看過「喜歡吃辣的人其實是喜歡痛感」這種說法，看來我就是這樣啊～今天早上半開玩笑地想著：「我是不是其實有被虐傾向？」搞不好雖不中亦不遠矣。

「唉。但真的好累……」

戀愛消耗的熱量真是驚人。

不只是跟悠宇嬉鬧而已。我也很在意真木島同學散發出的那種險惡的感覺，而且「you」的真實身分被人揭發也是一大問題。何況還有榎榎的事……

（沒想到她會傳這樣的LINE給我……）

跟榎榎的聊天畫面只留下昨天傳來的一行訊息……除了最重要的以外，其他東西都要拋棄，真的是一大困難耶。

一如往常的日常生活，變得非常耗費體力。之前都沒發生過這種事情，沒想到我會對跟悠宇有關的大小事都介意到不行。

（難道這就是所謂因戀愛而撼動了心嗎……）

我對西野加奈沒什麼興趣就是了～但哥哥一天到晚都在唱，害我會突然忘不掉那個旋律。

總覺得我完全變成戀愛中的少女了。只不過因為悠宇來家裡過夜，我的指尖從剛才開始就抖個不停。之前就算是跟男生一起玩，也不會產生這樣的心情啊。

忽然間，有人敲響了我的房門。

我從床上彈了起來，並慌慌張張地梳整了頭髮。

（天啊，難道是悠宇來找我？他不是在跟哥哥開什麼男子聚會嗎！）

死定了死定了死定了。

他來找我做什麼啊？難不成……咦，難道是那檔事？

天啊～我太大意了。悠宇果然也是個男生啊。不，說不定是因為我的關係而害他覺醒了？是怎樣啊，感覺有點雀躍耶。

不對，現在不是說這種玩笑話的時候了！

啊——真是的！如此一來也只能做出覺悟了！現在也不能再說什麼對於未知的事情感到害怕了。要是莫名拒絕了，感覺反而才會害得我跟悠宇之間的關係惡化嘛！

我緊緊抱著枕頭，並順手將放在桌上的鵝掌草頸飾拿了過來。畢竟是第一次，可少不了這個呢！

「請、請進……」

我回應的聲音有點拔高了。

沒事的，別擔心。畢竟是悠宇，他想必也很緊張才是。即使正處於太晚體驗到的初戀之中，在釣男生方面可說是身經百戰的「魔性女」好嗎！

悠宇打開房門之後，露出感覺有些緊張的臉……不對。

「日葵——跟哥哥聊聊天吧～～～～」

「…………」

來的人不是悠宇，而是一個怒髮衝冠的帥哥。

哥哥超生氣的。他直到剛才心情還好成那樣，一定是在他們洗澡時發生什麼事了吧……基本上，我也是心裡有數啦。

一邊想著死定了，我低頭看向自己的指尖。抖到不行啊。

這可不是戀愛造成的撼動，而是生存本能在告訴我有危險吧。一心只想著悠宇，害我完全沒有發現到這件事。日葵美眉鑄下一生最大的錯誤了☆

……就是這樣，戀愛這種東西真是一種危害啊。

♣ ♣ ♣

隔天星期五，是波瀾萬丈的一天。

而且那從早上去學校上課時就揭開了序幕。我跟日葵一起搭上雲雀哥的車子，請他送我們去學校，但是……

「日葵，妳是怎麼了……？」

不知為何，日葵在後座嗚嗚咽咽地哭個不停。

早上我們碰面的時候，她也是說著「悠、悠宇，對、對不擠喔，啊嗚嗚……」這樣不知道是招呼還是悲嘆的話。

而且駕駛座上的雲雀哥穿著筆挺的西裝，還哼著輕快的歌。曲目當然是西野加奈。要是跟這個人一起去唱歌，是不是會一直像在聽組曲啊。

不過，這種事一點都不重要。

「那個，雲雀哥……？」

「怎麼啦，悠宇。啊，關於這兩天的備考方針，基本上就只有反覆練習而已。只要能夠解開我精選的練習題本就沒問題了。星期六就一直寫我編撰的模擬考題吧。到了這一步，剩下便是讓身體記住考試的節奏。」

「謝、謝謝雲雀哥。但比起這些，請問日葵究竟是……？」

「喔喔，對了。我忘了一件事。睡眠不足會妨礙到學習效率。我幫你準備了一個我愛用的放鬆道具，你儘管拿去用吧。好的學習，就是一再反覆適度緊張感與適度放鬆的循環喔。」

取下墨鏡之後，他露出燦爛的笑容。

啊，這就是那個。犬塚家的ＤＮＡ中具備的絕招之一「用笑容讓人閉嘴」。看到這樣的表情，就代表多說無益了。

……昨晚在我坦言就自己所知的事情之後，雲雀哥就丟下我逕自前往日葵的房間。當我在客房呼呼大睡的時候，這對兄妹之間似乎發生了一些事情吧。而且我也察覺到那不是我該介入的事情。

究竟是哪一點惹惱雲雀哥了呢？我只是惹日葵生氣，並將「摯友」的戒指送給她，向她道歉了而已啊……

「日葵啊。在學校的期間，就要由妳陪悠宇備考了喔。沒問題吧？」

「啊、啊嗚，嗚啊啊啊……」

這是回應喔。

根本已經不是人類的溝通範疇了吧。但我總覺得不能隨便安慰她。我的生存本能告誡我，唯有現在不能站在日葵那邊。

結果，雖然搞不太清楚是什麼狀況，但就只有「還是不要成為雲雀哥的弟弟好了……」這個決心更加明確了。

雲雀哥將車子停在學校旁的道路之後，我們便下車了。

「謝謝雲雀哥。」

「不會。那就今天放學後見囉。」

黑色的進口車流暢地開走之後，我便看向日葵。

她感覺姑且是比剛才還要冷靜了。日葵拿包著冰塊的毛巾冰敷雙眼，還一邊吸著鼻涕……在這種狀態下還準備好冰敷的用品，看樣子是被罵習慣了。

「日葵，妳還好嗎？」

「唔、嗯。少了哥哥的壓迫感，感覺比剛才好多了……」

……原來剛剛有壓迫感啊。

我是不太清楚，但看樣子高手之間那種崇高的互動還是存在的。這一家人真的就跟打鬥漫畫一樣耶……

「是說，到底是發生了什麼事啊？我做錯了什麼嗎？」

「總之不是悠宇的錯。拜託你，別再追問下去了……」

感覺好像不是可以產生「脆弱的日葵也好可愛喔」這類感想的狀況。平常我就會隨便說些蠢話討她歡心了，但我現在也被考試逼得沒有那種從容……

這時，一股冷顫竄過背脊。

日葵好像也有一樣的感受。只見她突然臉色大變，跟我一起回頭看向後方。

「啊……」

「哎呀呀……」

出現在眼前的是……一副凝視著我們的榎本同學。

身上的熱度感覺一直線地冷卻下來。分明如此，不知為何又冷汗狂噴。我……應該說，我跟日葵完全僵在原地。

是怎樣？她是現代忍者嗎？總覺得每次見面都會新增屬性，對我的心臟實在太不好了。

「小悠。早安。」

「早、早安。榎本同學。」

即使如此還是不乏招呼。我很想說她的家教真的很好，但她散發出來的氛圍反而讓我覺得就跟恐怖電影中有人要死掉的前兆一樣。

「榎、榎榎。早安——？」

「…………」

日葵不知為何揚起生硬的笑容跟她打招呼。

但榎本同學只是沉默不語地撇開了頭。日葵錯失時機，難得感到動搖不已。

而且，我昨天也這麼想……難道她是故意不搭理日葵？

「小悠。你剛才是從小葵他們家的車子裡出來嗎？」

我的心跳不禁漏了一拍。

咦，她看到了嗎？我完全沒有注意到。

「是雲雀哥送我們過來的。我昨天住在日葵他們家……」

「啊，悠宇！笨蛋……！」

咦？……啊，糟糕！

雖然發現自己說錯話了，但為時已晚。

榎本同學睜大了雙眼，茫然地重複一次我說的話。

「你住在小葵他們家？」

「啊，不不不。這不是什麼了不起的事情……」

當我這麼說溜嘴的瞬間——就被她凶狠地瞪了一眼。

「……住在女生家，『不是什麼了不起的事情』？」

「不、不是！剛才那是我說法不好！妳想，我跟日葵是摯友嘛！偶爾也會到對方家裡叨擾，所以比較像是那樣的延伸……」

不不不。我為什麼要說這種像在澄清外遇一樣的話啊？

這麼可愛的女生為了我而吃醋，說真的，感覺是滿不錯的。但我並不是站在可以為此感到開心的立場。

……因為，我跟榎本同學都「發生了那種事」。

「而且昨天晚上我一直都在跟日葵的哥哥一起念書啊！」

聽我這麼說，榎本同學費解地微微歪過了頭。

「念書……？」

「呃，其實是這樣的……」

這麼說來，我還沒跟榎本同學說過這件事吧。

雖然超丟臉的，總之我還是簡單地向她說明了昨天那些事情的來龍去脈。榎本同學依然是面無表情，讓人看不出她的想法。

但在最後，她說出非常不得了的話。

「我也要去。」

啊？

榎本同學不等我們回應，並緊握雙拳。

「我也要去小葵家過夜。」

……她這句發言，招來更大的混亂。

◆◆◆◆◆

Ⅱ

「愛的告白」for Flag 2.

♣♣♣

◆◆◆◆◆

那天上課的內容，我完全聽不進去。

這也是理所當然。事情為什麼會變成這樣啊？竟然連榎本同學都要一起參加讀書會。而且聽她那種語氣……感覺一心就想要一起過夜。

當我煩惱著這件事情時，手機傳來訊息通知。榎本同學傳LINE給我。

『小悠，我要帶什麼東西去才好呢？』

……呃，這是上課中要問的事情嗎？

但都已讀了，還是先回她好了。

『妳真的也要在她家過夜？』

接著她就回了一個紅髮帥哥說著「Yes!!」的動畫角色貼圖……榎本同學就只有在選用貼圖的時候，感覺情緒特別高昂呢。

『決定得這麼突然不太好吧。應該也要經過妳媽媽的同意才是。』

『沒問題，她已經同意了。』

『不，她又不知道還有我在……』

『我有說悠宇也在。』

後來還傳了一個藍髮帥哥大喊著「沒有任何問題！」的動畫角色貼圖過來。

不，大有問題好嗎。儘管前幾天在黃金週進行ＩＧ拍攝時，我也有跟她媽媽見過面就是了。但就算是日葵他們家，會這麼簡單就同意嗎？……還有榎本同學，不要再連續傳好幾個那個「沒有任何問題！」的貼圖過來了。難道她現在很熱衷於出現這幾個角色的那部動畫嗎？

『她真的什麼都沒說嗎？』

『她說小悠不是壞人所以沒關係。』

大有關係好嗎。

具體上來說，這樣的教育方針真的不太好。她媽媽感覺滿親切的，但真希望在這方面可以嚴格一點。

我一邊忍著頭痛時，日葵的聊天畫面又跳出了新的訊息。

『老師～這個不及格的傢伙上課時還在跟榎榎打情罵俏～』

這害我抖了一下。

我朝隔壁的座位看去，只見日葵笑得一臉燦爛地看著我。我立刻傳訊息回覆她。

『我沒說我在跟榎本同學聊天吧。』

『不不不。榎榎剛才也在問我要帶什麼東西來。』

是怎樣？到底是有多期待？

我看榎本同學現在沒有想要上課的意思了吧。我們班現在可是在上鬼神般恐怖的升學指導老師的課耶。

『而且發生了緊急狀況。』

『什麼狀況？』

『今天舉辦讀書會的場所沒了。』

『什麼意思？』

我忍不住朝日葵看去，只見她一副「欸嘿☆」的感覺吐出舌頭。

『我跟哥哥說了榎榎今天要來，他就開始鬧起脾氣說：「我絕對不會讓榎本的ＤＮＡ踏入我們家一步！」』

『到這種程度？欸，他真的那麼討厭榎本同學的姊姊嗎？』

這時她回我一個紅髮帥哥說著「Yes!!」的動畫角色貼圖。哦哦——我看妳現在也熱衷於同一部動畫吧。

『但是，這下子該怎麼辦呢～只要把哥哥的練習題本帶出來也是可以念書，但沒有一個適當的場地就很麻煩了耶～』

『不能去麥當勞之類的嗎？』

『國道十號沿線上的那間是二十四小時營業沒錯啦。但要是被警察抓到不就本末倒置了？』

我回了一個「ＮＧ」的貼圖。

該怎麼辦才好呢？雖然今天是要反覆寫練習題，一個人做應該也沒問題，但我沒有自信已經將昨天那樣的學習量全都完整記下來。而且雲雀哥未免也太幼稚了吧？

……嗯嗯？

不知為何，日葵的眼神一直注視著我。

『悠宇，你是不是只要事關榎榎就會很拚命啊？』

「噗呼！」我不禁冒出一聲。

『妳在說什麼鬼話啊？』

『但都是因為悠宇答應了，事情才會變成這樣吧。』

『是沒錯啦。但人家都說要協助我了，也不好意思拒絕吧。』

『哦～～是喔～～』

怎、怎樣啦？

日葵一臉懷疑的樣子，飛快地拿著手機打字。

『難不成你是在期待跟榎榎發生「像昨天那樣的事情」嗎～～？』

昨天洗澡時發生的那件事浮現於腦海中。

這讓我不禁反射性地對著日葵大喊：

「怎麼可能啊！」

……咦？

日葵強忍著笑，更拚命地摀住嘴邊。感覺再推一把她就會「噗哈————！」地笑出來。

接著，我環視了四周。學生們的視線都朝我緊盯了過來。

「夏～～目～～？」

聽見這聲彷彿從地獄傳出來的呼喊，我動作生硬地回頭一看。

以最強又最恐怖而聞名的升學指導老師，爆著青筋氣勢凌人地站在眼前。

「你這傢伙，明知自己身為要補考的學生，還在我課堂上滑手機嗎啊啊啊啊啊啊啊？」

咿咿咿……！

對耶！我現在可是全校最有可能被留級的男生！

「但、但是，這都是日葵先找我麻煩……」

「哦——那你倒是跟我說，為什麼犬塚有在抄筆記，你的筆記本卻是一片空白呢？」

「咦！」

日葵桌上的筆記本。

上頭將板書的內容抄寫得整齊又漂亮。不僅如此，她還有點一臉不解地在旁邊寫著筆記，裝出一副優等生的模樣。

（……可惡！該死的日葵魔法！）

我的肩膀被使勁地抓住了。老師在學生時代是柔道黑帶，據說到北海道旅遊時曾將襲擊他的熊抓起來重摔在地，他的臂力讓我的骨頭吱嘎作響。

「夏目。你要是以為星期日的補考會給你任何一點同情分數，可就大錯特錯了。」

「我、我會努力的……」

♣ ♣ ♣

然後下課了。剛才那是第四堂課，因此總算到了午休時間。

我從書包裡拿出便利商店的麵包，並在座位站起身來。日葵見狀完全沒有任何罪惡感地面帶爽朗的笑容就想跟上來。

「悠宇～你要去哪裡～～？」

「少囉嗦啦。不要像隻企鵝一樣跟過來。」

日葵一時停下腳步。

她接著伸直雙手並將手掌朝外，只用腳尖勾住室內拖鞋。她一邊踩出啪躂啪躂的腳步聲，還「嘎嘎嘎」地學企鵝叫……這種莫名高品質的模仿反而讓人很火大耶！

「我今天要去別的地方吃啦。妳就在教室裡吃嘛。」

「咦──那我也一起去。」

「……我是要去找真木島。」

頓時間，日葵乾嘔了一聲並吐出舌頭。她沉默地揮了揮手，便向班上的一群女生說著：「一起吃吧～」就打進她們圈子裡了。

……她還是一樣這麼討厭真木島。不過想想那兩個人過去結下的梁子，倒也不是不能理解。

我走出教室之後，在隔了三間教室的班上露臉。

（呃──真木島人在……找到了。）

一頭茶色髮絲的輕浮帥哥，正在跟班上的男生聊天。這傢伙厲害的地方，就在於女性問題明明多到令人傻眼，卻也不會被男生排擠或討厭。

不過，這個狀況該怎麼辦呢？最慘的是真木島的座位在靠窗那排的最後一個。若要從走廊上把他叫過來，可說是最糟糕的位置。

這時常用的方法就是請他班上的人去叫他。至少不要找女生幫忙……

「啊！夏目同學！」

咦？

我一回過頭，就看到兩個感覺是剛從合作社回來的女生。是綁著豐沛的成熟馬尾，以及中長金髮的二人組。兩個人感覺都很開朗，是很潮的那種女生。

她們似乎知道我的名字。而且好像有在哪裡見過的樣子……

「欸欸欸欸！雖然我昨天也有跑去問日葵同學呀！」

「咦？什、什麼事？是說，那、那個……」

「啊——！難道你不記得我們是誰了嗎？去年我們同班耶！」

「啊，不是，那個……」

天啊。這麼說來，好像有一點印象。

這下糟了。再怎麼說也太沒禮貌。但我應該沒跟她們說過話吧？她們好氣勢凌人……

當我因為太過焦急而一時語塞，那兩個人便「啊哈哈！」地笑了。

「夏目同學真的不會跟人對上眼耶～！感覺有點可愛！」

「對啊～就跟小動物一樣～」

「明明就長得這麼高呢～」

「反差萌真是不得了。」

……啊？

這兩個人是在說什麼？

啊，難道是在瞧不起我嗎？不，但好像……沒有那種感覺？該怎麼說呢，我沒有感受到特有的「蔑視感」。感覺得出她們只是很坦率地這麼說而已。

「欸欸欸欸！話說回來啊！」

「啊，唔、嗯。什麼事……？」

「那個呀、那個呀，關於這則ＩＧ貼文……」

她朝我遞出了手機。

那是趁著黃金週時拍攝的，宣傳榎本同學的新作飾品的ＩＧ貼文。我專心一意地吃著蛋糕的身影也擺在一起。

（啊，這麼說來，日葵好像說過有同學得知「you」的真實身分……）

原來就是這兩個人啊。

我這才想起在那之後還沒跟日葵好好討論過這件事。畢竟補考比較重要，說穿了我也沒想到會有誰想跟我這種人攀談。

「這個『you』就是夏目同學對吧？」

「我們有去問日葵同學，卻被她微妙地轉移話題了！」

她們若無其事地這麼說，雙眼卻露出了肉食性野獸般的光輝。我能感受到她們那股「絕對要逼你招供」的氣魄。像我這種有溝通障礙的人，根本無法與她們抗衡。

我拚命想方設法，並說出了解決辦法。

「啊，不是，呃……『假設』那真的是我……」

結果兩人「噗！」地噴笑出聲。

「你說『假設』？」

「那不就確定是你了～？」

……嗯，確實是會這樣想呢。

用一句「這是在說我一個朋友啊……」作為開場白的話題，通常就是「這是在講我自己但請不要戳破」的意思吧。就連沒朋友的我都知道。

「總之，假設那是我，妳們有什麼事嗎……？」

我已經放棄了。完全舉白旗投降的感覺。要割要剮都隨妳們高興吧。

結果她們興致勃勃地說：

「你也幫我們做個飾品嘛！」

……啊，原來是這麼一回事。

「呃，喔，有空的時候是可以啦。我現在因為期中考要補考有點忙……」

「你要補考喔！」

「夏目同學看起來很聰明啊！」

她們感覺很開心地爆笑起來。

我這麼說也不是為了逗她們笑的耶……

（咦？是說，我來這邊是要幹嘛？）

好像忘了什麼很重要的事……呃，哇啊！不要突然就抓住我的手，想把我帶進教室裡啦！

「欸欸欸欸。夏目同學，來這邊跟我們一起吃午餐嘛。」

「我問你、我問你喔，那種飾品你都是怎麼做的啊？」

「啊，對了對了！我去把朋友帶過來。有個女生說她也想買夏目同學的飾品呢。」

「好耶～那我也把你介紹給我的朋友們好了～」

「不，等、等一下……！」

呀啊！這兩個人未免太親切了吧？還是其實一般的女高中生都是這種感覺嗎？日葵是再更……啊，不對，那傢伙也是半斤八兩。

「小夏啊。你跑來我們班門口是在做什麼？」

「啊，真木島！」

不知不覺間，真木島就出現在眼前……這麼說來，我是來找這傢伙的。

真木島拍了拍我的肩膀之後，就很隨便地朝著那兩個女生揮了揮手。

「閃邊閃邊。這傢伙是來找我的。妳們去旁邊玩。」

「天啊，有夠討人厭！」

「會傳染到玩弄女人的壞菌！」

她們高聲尖叫著逃走了……這兩人感覺就像一場風暴一樣。

我不禁感到有些無力，這時真木島指向走廊的另一邊。

「你如果是有事找我，就順便去合作社吧。在走廊這邊講，要是被人聽到也很麻煩。」

「抱、抱歉。謝謝你耶……」

我們一邊走在走廊上，真木島便快活地笑了笑。

「啊哈哈。看來小夏也是個名人了呢。」

「日葵說你是元凶耶。」

「是沒錯啊。」

「你好歹也表現得愧疚一點吧。」

不過我也已經放棄了。

就算被人發現那就是我，也不會造成什麼問題。

「比起這件事，你能不能幫我說服一下榎本同學？」

「說服她？什麼意思？」

「呃，其實為了準備期中考補考，有人幫我辦了一場讀書會，但榎本同學說她也要來一起過夜……」

我簡單說明了今天早上到現在發生的事情。

沒想到真木島聽了卻爆笑出聲。

「啊哈哈哈！小凜這招還真是大膽啊。我這個兒時玩伴兼戀愛指導員為她感到很自豪喔。」

「也就是說，這不是你的指示嗎？」

「我第一次聽說這件事呢。我是有建議她：『小夏很容易隨波逐流，妳積極一點準沒錯。』但我沒聽她說起詳情是什麼。」

我就是容易隨波逐流，要你管喔。

「……什麼嘛。我本來以為是你的指示，才來拜託你不要這樣做。」

「原來如此。不過你好像也有所誤會了。我們是兒時玩伴，但不像你跟日葵那樣一天到晚都黏在一起。毋寧說，感覺更像是沒必要就不會特別搭話。」

「……咦？你該不會其實被她討厭了吧。」

「關係是很要好，但我有跟你說過，我跟小凜感覺就像兄妹一樣吧？你試想一下，要是你姊跟你都在同一所高中念書，你會每到下課時間就跑去找她聊天嗎？」

「……的確不會。」

我甚至不想被其他人認為我們姊弟很要好。

仔細想想，自從一開始來找我修理飾品之後，我就沒看過真木島和榎本同學在學校一起行動。一年級的時候我跟真木島就是好朋友了，卻也完全不知道他有榎本同學這個兒時玩伴……

「所以說，小夏啊。你是希望我說服她什麼事情？」

「呃，她跟一個沒有在交往的男生一起過夜，還是不太好吧。」

真木島聽懂了之後便笑了笑……接著果斷回答道：

「我不要。」

「什……！」

真木島感覺真的很開心地戳著我的胸口。

「啊哈哈。這有哪裡不好了？自己喜歡的女生，以及仰慕自己的女生。而你夾在兩人中間，展開令人心跳加速的過夜讀書會。就連最多腳踏五條船的我，都還沒體驗過這麼不得了的情境。而且日葵跟小凜都是堪稱校花的美少女……小夏啊，我看你根本是戀愛喜劇的男主角吧？」

「不要說這種蠢話了，拜託你認真替榎本同學著想好嗎？」

「這不關我的事。我才沒有不識相到去干涉兒時玩伴要跟喜歡的男生過夜這種事情。我們都是高中生了，這種事隨她自己高興吧。」

唔唔！

這傢伙真不愧有著豐富的戀愛經驗，相當冷靜地給出了意見。這個說法太正確了，感覺好像是我自己一個人在耍賴一樣。

真木島揚起了竊笑。

「說穿了，我被你害得正在進行嚴酷的減肥。可沒有那個閒情逸致陪你處理這種無聊的問題。」

「減肥？而且是我害的？」

他到底在說什麼啊？

見我費解地歪過頭，真木島便朝我伸出左手。

他用俐落的動作敲了一下我身後的牆。沒想到會被男人壁咚，把我嚇得一時動彈不得。

……真木島的雙眼感覺變得不太理智。

他散發出某種晦暗的情感，用低沉的語氣說：

「前天你在小凜面前，跟日葵大肆放閃了吧。那天晚上我在安慰派對被逼著吃了跟山一樣多的蛋糕跟各種點心，體重還因此多了三公斤喔。這要是影響到我的夏季預賽，你才是打算怎麼負責任啊？」

「那真是對不起了……」

這麼說來，他有講過這件事。

真木島在女性關係方面雖然很放蕩，社團活動倒是很認真在參與。

「真是的，小凜的脂肪都會跑到胸部去！但從來不會替體質不容易瘦下來的人著想！」

「這裡是走廊！拜託你不要講那麼大聲！」

我讓真木島冷靜一下。

這樣看來，要請他幫忙是不可能了。不如說他還樂見其成。

「總之，你就儘管把事情弄得越來越複雜吧。我會替你收屍。」

「那你要是陷入感情糾紛我也不會去幫你喔。」

「啊哈哈。不好意思，我才沒有笨到得去依靠小夏呢。」

……結果，榎本同學來跟我一起念書的事情就成定局了。

♣ ♣ ♣

課都上完，到了放學後……

我急急忙忙地趕回家，總之就先整理房間。我平常就不是會把房間弄得太髒亂的那種人……

雖然這樣想，但這還是兩碼子事。

……結果，變成要來我家念書了。再怎麼說我還是請她放棄在我家過夜這件事，但學校的女生要來家裡，總不能什麼準備都不做。

當我慌慌張張地整理時，沒聽到敲門聲，房門就被打開了。

「悠宇，你吵死了！我都被你吵醒了，小聲一點好嗎！」

開門的是咲姊。

剛剛才在想怎麼沒在客廳看到她，看樣子是還在睡。她的雙眼像漫畫效果一樣，吊得高高的。被妨礙到睡眠，讓她怒不可遏。

「抱、抱歉。今天有學校的女生要來……」

「嗯？」

咲姊的憤怒氣場消退了。

她可能誤會了什麼，突然間就恢復成冷靜的語氣。

「是日葵嗎？你們不是要在他們家辦讀書會？」

「是、是啦。不過變成要更改讀書會的地點……」

要是咲姊現在逼問起來，我就說不過她了。我隨便順著她的話回應，就繼續整理房間。

「既然如此，你早說嘛。那我到對面拿些配茶的點心過來。」

「不，不用了啦。比起這個，咲姊，妳再不快點準備會來不及接班吧。」

「嘖！早知道日葵要來，我就去逼工讀生跟我換班了……」

我們家的咲姊也太像個惡鬼了。

雖然這有一半的責任在我身上，但我們家那間便利商店的將來交給這個人真的沒問題嗎？會不會哪天就被告上勞工局了？

咲姊一邊碎唸抱怨一邊做好準備，接著就去便利商店。

（呼。好險、好險。再怎麼說也不能讓咲姊看到榎本同學……）

我繼續打掃。

接著過了二十分鐘左右的時候，家裡的門鈴響起。

掃除工作勉強趕上了。我連忙過去打開玄關的門。

一如預計好的，榎本同學就站在門前。

「小悠，午安。」

「歡迎妳來，榎本同學……」

榎本同學對我低頭致意。她還是這麼有禮貌。

由於放學後她先回家了一趟，因此穿的是便服。她今天的上衣是衣襬綁著大蝴蝶結的那種，搭配飄逸的長版喇叭裙。白色上衣跟黑色裙子形成鮮明的對比。

應該說，可愛到爆耶。

具體來說，正是「就算見到男朋友家人也完全沒問題」那種幹勁十足的穿搭，帶給我很大的壓力。還若無其事地弄捲了頭髮。

……相較之下，我穿的是普通的家居服。要是她覺得「你衣櫃裡只有帽T嗎？」該怎麼辦？

「總之，先進來……啊。」

我注意到榎本同學的耳邊。

（還戴著我做的鬱金香髮飾……）

這當然沒關係。這是送給榎本同學的，她喜歡戴我才更覺得高興。但說真的，她像這樣戴著髮飾第一次進到我房間，會讓我覺得心癢難搔到要死了。

「路好找嗎？」

「是媽媽送我過來的，沒問題。而且一眼就能看出便利商店……」

榎本同學走在走廊上，並看了一眼沒有人的客廳。

「小悠，你們家的人呢……？」

「都沒有人在，所以妳可以自在一點。」

「是喔？」

「雖然不在家，但大家都在對面的便利商店裡。咲姊要上晚班，直到明天早上才會回來，爸爸基本上也都睡在那裡。媽媽則是一星期有一半的時間都在出差。扣掉去拿午餐跟打工的時候，我也是一星期只會見到一次面吧。」

榎本同學忽然在樓梯前方停下了腳步。

我回頭一看，她不知為何紅著臉，還感覺很害羞地遮著嘴邊。

「也、也就是說，在小葵來之前……家裡只有我們？」

「唔……！」

左手腕上的曇花手環像是看準時機似的彰顯著存在感。莫名覺得它好像帶著竊笑朝我看過來一樣……這傢伙該不會受到榎本同學精心的呵護，結果產生自我意識了吧？

「那個……我要是不認真一點念書，就會被退學了。而且我也想早點開始做飾品……」

「唔、嗯。我知道，我也是為了這才過來的嘛……」

接著，迎來一陣莫名害羞的沉默。

也太尷尬了吧。日葵同學，真的拜託妳快點拿練習題本過來……

「這、這裡就是……我的房間。」

我這麼歡迎榎本同學。

心跳超快的。日葵也來玩過好幾次，但我也不曾緊張成這樣……畢竟那時完全用朋友的心情看待她。

榎本同學踏入房間之後，先是環視了房間一圈……

「…………」

咦，她為什麼露出那種微妙地感到遺憾的表情？

我房間就這麼沒品味嗎？不，我本來就沒有什麼值得一提的興趣，而且也不太會去買些多餘的東西。

「……榎本同學，妳本來有所期待嗎？」

「啊，不是。因為都沒看到花。」

喔喔，原來如此。是這個意思啊。

我的房間就只有書桌跟床，中間一張玻璃桌，旁邊放著收納衣服的簡樸五斗櫃，以及一個放了課本跟漫畫之類的小書櫃而已。

「因為我家的貓會跑來搞破壞，所以花是種在這邊。」

我打開了上鎖的櫃子。

朝裡頭一看，榎本同學不禁睜大雙眼。

種著色彩繽紛各式花卉的ＬＥＤ栽培機塞滿了狹窄的空間。我用從量販店買回來的板子之類將櫃子裡隔出好幾層。再配合不同花的需求，追加設置大型的電燈之類。由於是ＬＥＤ燈，熱度並不會太高，但以防萬一我還是在櫃子內側塗了昂貴的阻燃劑。

這裡種了各式各樣的花。不同於種在學校的那些，大多都是依照自己的喜好去種植的。學校是以各個季節可以採收為前提，但這裡多是宿根草花……也就是冬天時仍能存活不會枯萎，到了隔年會再次開花的植物。

現在開花的是馬纓丹，其花瓣的漸層色彩鮮明，還有作為藥草聞名的櫻桃鼠尾草。

榎本同學平常沉著的表情已不復見，雙眼都亮了起來。

「小悠，這感覺就像妖精國一樣呢！」

「是、是喔，謝謝。」

得到超可愛的感想，害我都覺得有點害羞了。

畢竟榎本同學他們家的蛋糕店也是非常時髦。有醜比頭的人偶之類，以及充滿季節感的各種袖珍版樹木等等。常溫點心的禮盒就放在那樣奇幻的布景之中，我也不禁買了好幾個當伴手禮。

「直到不久前，開花的是聖誕玫瑰呢。這種花可以點綴冬天的色彩，所以我也很喜歡。明年根莖會變得更粗，應該會開出更漂亮的花。到時候有空的話要來看看嗎？」

「好啊，我絕對會來！」

啊，我又搞砸了……

誰教榎本同學做出的反應都太可愛了。她現在也只是露出「欸嘿」地笑著的那種開心表情，但說真的，足以讓人覺得對這個世間沒有什麼留戀了。

（冷靜點。今天最重要的是念書……）

我將課本及參考書都放到房間中央的玻璃桌上攤開，而不是書桌。接著還順便將整盆櫻桃鼠尾草從櫃子裡拿出來，放到桌邊的角落。

「為什麼要把花拿出來呢？」

「櫻桃鼠尾草是有名的藥草。其葉子對健康有益，在英國甚至有句格言：『想要活久一點，五月就吃點鼠尾草。』有這種涵義。這花香有放鬆的效果，所以我在念書或玩網路遊戲之類的時候，就會像這樣把它放到身邊來。」

「好棒喔。興趣兼具實用性……」

「沒有那麼厲害啦……」

不過，這傢伙培養起來之後，會變得非常巨大。高度應該會超過一公尺，到時候就很難繼續種在室內了。而且我也想種點其他花卉，可得找找有沒有人願意接手。

「那在日葵拿練習題本過來之前，我先複習一下昨天的內容。榎本同學，如果我有遇到不懂的地方，可以請教妳嗎？」

在我右邊放了坐墊之後，榎本同學雙手握拳，展現出滿滿幹勁。

「沒問題。不管任何問題都盡量問。」

「任何問題都可以嗎？」

「嗯。我應該大多都答得出來。」

榎本同學打開書包，並拿出一個可愛的粉紅色資料夾。收在裡頭的，是之前期中考的考卷。她遞了過來，我接下並過目之後……什麼！

見我大吃一驚的樣子，榎本同學用平常沉著的表情比出一個勝利手勢。

「我是全年級第二名。」

「真的假的！」

考卷在桌上攤開之後，發現只有古文答錯一個陷阱題而已。也就是說，她在五個科目當中有四科拿到滿分。完全就是超級資優生。

「總覺得很意外耶……」

結果榎本同學有些不滿地瞪向我。

「小悠。難道你是覺得我很笨嗎？」

「我不是那個意思，只是沒想到好到這種程度……」

雖然我也沒資格這麼說，但榎本同學並沒有給人會念書的感覺。平常都被日葵耍得團團轉，而且大多事情也是靠著鐵爪功解決。

「話說這個成績竟然是第二名，就代表第一名是全科目滿分吧。妳知道是誰嗎？」

「…………」

榎本同學一臉厭惡地回答：

「第一名是小慎。」

「啊，原來如此……」

感覺好像都聽見真木島在放聲大笑的聲音了。

真不愧是現代大劍豪，腦袋轉得特別靈光。他那份機智難道就不能用在如何警戒不被女性刺殺之外嗎？

榎本同學伴隨著某種堅強的意志，緊握住拳頭。

「期末考我要贏過他。」

「呃，哦。感覺看到了令人意外的一面……」

……也就是說，不會念書的人就只有我而已。我真的太得意忘形了，對不起。比起別人，我這就來擔心自己。

攤開參考書，拿起自動鉛筆。

總之先從數學的考試範圍開始準備。

雲雀哥說，理科就是一味地反覆練習。

以高中期考的程度來說，出題模式的種類並不多。只要反覆練習，盡可能掌握出題模式，就能縮短在考試時解讀問題直到理解出題傾向的時間。這時就能拿省下來的時間去計算或筆記。這就是通過考試的第一步……的樣子。

……嗯嗯？

「我搞不懂這題的算式……」

「這是要拆成兩個去解的那種。」

「兩個？喔喔，這麼說來雲雀哥也有說過……」

果然在一個晚上學到的東西，還是遠遠無法完整記下。

有時候記憶會突然一片空白，光是要回想起來就很辛苦了。畢竟終究只是在臨時抱佛腳。這種時候有榎本同學在一旁，就幫了我很大的忙。

「謝謝你。」

「不客氣。我也可以當作複習。」

她人還是這麼好。

就算是為了報答她，這次補考我也絕對要合格。

在我自己解題目的時候，榎本同學會去觀賞櫃子裡的花，或是拿書櫃上的漫畫來看。

真是一段平穩的時間。自己剛才還緊張成那樣，感覺就像個笨蛋似的。

……若要說還有什麼問題，那就是榎本同學的一舉一動都很自然地散發出性感氛圍這點。

只要一度敞開心胸，她跟人之間的距離就會拉得很近。而且她的穿著輕薄，在各方面都毫無防備，令我感到很傷腦筋。每當她動了一下身體，裙子就會翻起來露出大腿，不然就是身體朝我靠了過來，甚至可以瞥見她的內衣……呃，等等、等等！

「榎、榎本同學！妳會不會口渴？」

「咦？啊，是有一點……」

很好。

我連忙衝出房間。好危險，好危險啊。剛才那樣真的有點不妙。我很猶豫要不要出聲提醒。看到那種畫面，會讓人顧不上念書這種事情。

……她跟日葵就不同意義來說都對心臟很不好。

日葵是還能看見她想整我的想法，所以可以對她吐槽。但榎本同學並非刻意，所以才會很難對她開口。

我來到客廳泡紅茶。

其實這是我自己做的，感到自信滿滿，希望她會喜歡。

在紅茶一旁也添上咲姊的餅乾。之後只要跟她說「拿給日葵吃了」，她應該也不會生氣吧。

走上樓梯，我打開房門。

……只見榎本同學正躺在我床上，還「欸嘿嘿嘿嘿」地緊抱住我的枕頭。

「榎本同學。妳在做什麼？」

「……唔！」

榎本同學連忙丟開枕頭並坐起身來。她一邊整理自己的頭髮，並對我搖了搖頭。

啊，意思是她什麼也沒做嗎？感覺是這樣解讀的嗎？

……ＯＫ、ＯＫ。總之我要拿出紳士的氣度，裝作沒看見對吧。而且我也要專注念書才行。

我將紅茶拿給榎本同學，便再次面對桌上的練習題本。我看看，接下來是這個問題啊。這種模式是要……呃，喂！不要若無其事地默默把我的枕頭拉過來！

「榎本同學！」

「唔！」

她抖了一下之後，動作俐落地將枕頭歸位，並朝別的方向看過去。感覺就像在說沒被看到似的，想吹口哨蒙混過去時，卻只有「嗶咻、嗶咻～～」這種像是水管故障的聲音，從她的嘴唇間傳出。

「榎本同學。妳從剛才開始都在做什麼啊？」

「……因為櫻桃鼠尾草的味道很香。」

「嗯。所以呢？」

「然後，我就隱約覺得小悠的床上也有一樣的香氣……」

嗅覺到底有多靈敏啊？啊，但對於做點心來說，這是不是一個重大要素？雖然我也不太懂，不過她確實察覺到那股香氣的真相了。

「……大概是這個吧。」

「紅茶？」

是我拿過來的紅茶。

「這是用櫻桃鼠尾草配的茶葉。」

「什麼！」

櫻桃鼠尾草也能活用於香草茶。雖然要利用各種訣竅才能做得好喝，但我做得還算是有模有樣。

「之前我在床上喝的時候，不小心打翻了一點。早知道就把床單拿去洗了……」

我將杯子遞給依然坐在床上的榎本同學。

「哇，好好喝……」

「謝謝。」

「我也想用在我們店裡。」

「不，我沒辦法做出那麼大的量啦。」

我們和睦地相視而笑。

「榎本同學，妳也該放開我的枕頭了吧？」

「…………」

她從剛才開始，就一直將枕頭抱在腿上。

當我伸出手，她便閃躲開來。她的動作就一直不斷閃、閃、閃……啊啊，真是夠了！總覺得昨天日葵也做了一樣的事情！

「那個……我知道妳沒拿著什麼東西會覺得無聊，但這樣會讓我覺得有點害羞……」

「……唔。」

榎本同學一臉害臊地紅了臉頰，接著就豁出去採取行動。

她用雙手緊緊抱住我的枕頭，整個人就倒在我的床上。那帶著紅色的豔麗黑髮，在我平常睡的床上鮮明地散落開來。那簡直就像在高原上隨風飄揚的芒草……不，這樣的形容還是太勉強了吧？

一邊忸忸怩怩地用手指戳著，榎本同學嘟著嘴說：

「因為，我就是喜歡小悠嘛……」

「…………」

咕哇啊……

真的太危險了。理性的煞車差點就要失靈。跟她一起去AEON的花店時我就這麼想了，面對這個女生時，只要有一點鬆懈就會一招殺過來，真的很麻煩。

「榎本同學。妳從『那個時候』開始，突然就不再客氣了呢……」

「…………」

氣得鼓起雙頰的表情也好可愛啊，可惡！

順帶一提，榎本同學喝的櫻桃鼠尾草，花語是「智慧」、「尊重」，以及「熊熊燃燒的愛意」。是個最適合在念書時說出「喜歡」一詞的花卉呢……不對，我在想什麼。

（真木島那傢伙，應該不至於連這樣的發展都看透了吧……）

這樣不行。要是這麼在意榎本同學，就會消耗掉時間與精神。真沒想到今天還有這種修行在等著我。

我現在的第一目標是補考合格。

現在就先忘記「那件事情」，專心念書吧。我要加油啊。讓她見識一下平常就算被日葵惡作劇也沒發現的專注力吧。

「……好啦。就隨妳高興吧。我要開始念書了！」

「好喔～～」

這麼說著，榎本同學「欸嘿」地笑了。

……最近身邊的女生真的都太可愛了，拜託饒了我吧。

的傍晚。

♣
♣
♣

榎本同學第一次說「喜歡」我的時候，是在兩星期前……在跟日葵絕交那段期間的一個晴朗的傍晚。

就在學校停車場裡的中庭。

那裡有個我跟日葵的園藝社在種花的花壇。

我是要去採集那些花。日葵都說要去東京了，為了跟她一起去，我也必須處理好這些花才行。畢竟所謂園藝社只是為了讓我可以順利製作花卉飾品的對外招牌。除了我跟日葵沒有其他社員，因此也不能請別人照顧花。

只是，要一個人處理這些還是很辛苦。不但需要各式各樣的準備，還有這個目標——要製作一個能給日葵取代頸飾，獨一無二的飾品。

願意前來幫忙的，就是榎本同學。

並不是我特別說了什麼。只是不知不覺間，她也跟我一起做起事來……若要說那段時光不開心，便是謊言了。

她是時隔七年重逢的初戀對象。

我會接觸花卉飾品的契機，就是為了將漂亮的花送給這個女生。令人難以置信的是，她也還記得我。甚至一直抱持著強烈的心意。

但是，我的心裡已經有日葵了。

「小悠，我喜歡你……這七年來一直都很喜歡你。」

在已經沒有花的花壇前方，榎本同學這麼說了。她的臉有些泛紅，應該不是春天夕陽映照下所致。

所以花都已經採集完了。我知道榎本同學連這麼細微的地方，都在替我著想。

……感情這種東西真的很棘手。

這是人在行動時的原動力，但為什麼會這麼容易轉移呢？要是能跟機器人一樣專情，我也不會惹哭榎本同學了。順便還能維持真木島的體重。

要是我沒有察覺自己對日葵的心意……

那個時候，我會怎麼做呢？是不是會冷漠地目送日葵去東京？我又會怎麼答覆榎本同學的告白呢？

♣
♣
♣

……解完數學的最後一個問題之後，我不禁沉思起這些事情。

啊，得打分數才行。沒時間了。星期日就要補考，現在就先忘了這件事吧。而且榎本同學搞不好覺得太無聊而睡著了。

「榎本同學。請妳幫我打分……呃，還真的睡著了。」

她躺在我的床上，並用毯子裹住身體。她的肩膀隨著呼吸平穩地起伏著。漂亮的上衣跟裙子都弄得皺皺的，就只有我做的鬱金香髮飾，像是絕對不要弄壞一樣握在手中。

……她感覺超安心的耶。

沒問題嗎？欸，這樣真的好嗎？我們雖然有表明彼此的心意，但沒有在交往吧。榎本同學真的很可愛，希望她多注意一下自己這樣的地方。

（這麼說來，在我拒絕她告白的隔天，還若無其事地說著「早安」跟我打招呼……）

榎本同學雖然是個美人，但有著難以捉摸的一面呢。該說是天然呆嗎？也不會臣服於日葵的戲弄，承受打擊的能力莫名堅強。

「呃，總之得把她叫醒……」

是為了念書沒錯，但理性真的很危險。無論在動還是靜止的時候，都會帶來精神攻擊，未免也太棘手了。

我畏畏縮縮地觸碰了榎本同學的肩膀。

「榎本同學，起來……哇啊──！」

不知為何，榎本同學緊緊抱住了我的脖子……啊，嗯。我能聽見她睡覺時平穩的呼息。太好了。榎本同學真的都會不經意做出像是從戀愛喜劇漫畫中走出來的女主角般的舉動耶。

感覺一臉幸福的樣子，應該是在作著美夢吧。榎本同學像是被逗笑似的「欸嘿」地笑著……不過，很可惜的是對我來說並非「欸嘿」就能帶過這個狀況。

冷靜點。冷靜點啊，悠宇。

冷靜下來。日葵沒有回覆，所以應該晚點才會到……當我這麼想著的時候，不知為何房門就被使勁地打開了。

日葵來了。她手中還提著我們家便利商店的塑膠袋。

「悠宇～你都沒有回LINE，按電鈴你也沒出來，所以我就跑到……咦？」

接著，她在看見房間的慘況之後，整個人僵在原地。

與此同時，她提著我們家便利商店蛋糕的手也鬆了開來。落到地上之後，包裝裡的切片蛋糕也因此扁掉……那大概是她去了對面的便利商店，咲姊拿給她的吧。

在她身後，穿著圍裙的咲姊也探出臉來。

「悠宇。你啊，知道日葵要來卻沒有應門是怎……啊？」

她的眼尾憤怒地吊高起來。握住雙手折著手指發出啪嘰啪嘰的聲音。咲姊的身後湧上了一股黑暗的鬥氣。

「這個蠢弟弟。都已經有日葵了，還膽敢帶其他女生來家裡？我沒說過要是弄哭日葵，就會殺了你嗎……？」

「咲姊，妳誤會了！她是來陪我準備考試……」

「高中的期中考科目，並沒有健康教育好嗎啊啊啊……！」

「竟然說這種色老頭笑話，也太爛了吧！」

我們都叫喊成這樣了，榎本同學都完全沒有醒來！

我不禁拍起她的臉頰。

「榎本同學、榎本同學！拜託妳快點起來……是說這股做點心鍛鍊出來的握力，真的讓我動彈不得耶！」

所以說，不要再「欸嘿嘿」了——！

我拚命掙扎著想要逃跑……咦，咲姊沒有打過來……？我朝她看過去，不知為何咲姊一臉愣愣的樣子看著我們。

「她難道是榎本的妹妹？」

「咦……？」

我們都僵在原地之後，在她身後的日葵喃喃了一句：「啊，原來是這樣。」她嘆了一口氣，並撿起扁掉的蛋糕。

「悠宇。榎榎在睡覺的時候，會有緊緊抱住某個東西的癖好，你多注意一下比較好喔～～」

「這種重要的事情拜託妳先講好嗎！」

十分鐘後，在我的房間裡。

榎本同學醒來之後，頂著紅透的一張臉，一直不斷地道歉。

「對不起、對不起。躺在小悠的床上時，我一邊想著『小悠每天晚上都是在這裡睡覺的啊』，就忍不住有些陶醉，又很舒服……」

「榎本同學？好我知道了，拜託妳別再講下去。我在別的意義上被人白眼了喔。」

日葵半瞇著眼瞪了過來，並輕輕撞著我的側腹。

「悠宇，你才是覺得賺到了吧。」

「拜託妳不要在這狀況下說那種話好嗎？要是咲姊相信了該如何是好？」

咲姊本人正在將扁掉的蛋糕裝在小盤子上。她將那盤蛋糕放到我們面前，一邊定睛地看。

「……沒想到是榎本的妹妹啊。」

她的視線當然都投注在榎本同學的身上。而且理所當然地，咲姊這時口中的榎本，指的是榎本同學的姊姊吧。

「咲姊。妳也認識榎本同學的姊姊嗎？」

「你啊，在知道我跟雲雀是朋友的時候，就該察覺這點了吧。直到現在，榎本回來這裡的時候，我們還會一起去喝酒呢。今年過年時，她也說行程上剛好有空就回來了。」

真的假的。

從日葵的反應看來，她應該也是第一次聽到有這種事。

「咲良姊。你們聚餐時，哥哥也有一起去嗎？」

「有啊。妳沒聽他說嗎？」

「沒有耶~只要一講到榎榎的姊姊，哥哥馬上就會擺出厭惡的態度。所以聽妳說他們現在也有見面，讓我覺得有點驚訝……」

「確實很像雲雀會做的事呢。那個人啊，對於越是親近的對象，反而更不會展現自己脆弱的一面。」

她感覺很快活地笑了起來。

……總覺得看見了咲姊令人意外的一面。這麼說來，我總是覺得咲姊很可怕，所以沒什麼跟她聊過比較私人的事情。

「但真虧他們不會吵起來呢。」

聽我這麼喃喃說道，咲姊冷哼地笑了一聲。

「跟你們不一樣，我們可是成熟的大人呢。」

……說得好像很有哲理一樣，但成熟的大人為什麼會若無其事地在高中生聚在一起時跟著坐下來啊？很感謝她帶點心給我們，但沒事的話真希望她能快點回去便利商店。

那個咲姊朝著榎本同學投以像在打量一般沒禮貌的視線。

「所以說呢？榎本的妹妹跟你是什麼關係？總不會喜歡我們家這個蠢弟弟吧？」

她直接就說到重點了。

真不愧是街頭巷尾的婆婆媽媽，說話都不知道要婉轉一點。這句太過直接又正中核心的話，讓我們三個人都陷入沉默。

「……咦？真的喔？」

而且這麼說的咲姊本人最感到驚訝是怎樣？不，我也是能理解啦。這麼可愛的女生，突然散發出那種感覺，真的很不得了。

「竟然……妳這麼可愛，但完全沒有看男人的眼光這點，跟妳姊姊一模一樣呢。」

能不能不要說得這麼憐憫啊？我也完全抱持相同意見，但聽別人這樣講，還是有點受傷。

咲姊點頭認同自己的說法，接著對我嘲諷地說：

「悠宇。我一直覺得你從小就是個不起眼的蠢弟弟，沒想到那些恩惠全都押在女人運上了。這樣我也能夠理解你的長相怎麼會這麼微妙了。」

「這跟長相沒關係吧。不好意思，但我跟咲姊可是繼承了相同的血緣好嗎。」

還有，日葵同學也請妳不要說著：「啊～～我懂～～」然後笑得好像很開心一樣。妳姑且正是我喜歡的女生好嗎。

咲姊接著交互盯著日葵跟榎本同學打量，一臉認真地沉吟道：

「不過，這還真是不分軒輊呢……」

是在說什麼啊？

不好意思，這可不是在鑑定哪個美少女要照顧妳老年生活的場合。

「悠宇。你如果是個再更厲害的男人，我應該就會毫不遲疑要你把兩個都娶回家了呢……」

「我從來沒有像現在這樣如此慶幸自己不是個有魅力的男人。是說，咲姊。妳休息時間差不多要結束了吧？趕快回去比較好喔。」

「真是的。你就這種地方跟爸爸越來越像。」

咲姊站起身之後，輕輕拍了拍榎本同學的肩膀。

「隨時歡迎妳來玩。啊，下次帶你們家的蛋糕給我吃吧。妳姊從來都不請我吃耶。」

「好、好的。我會帶來！」

拜託不要若無其事地向學妹敲詐點心。

咲姊出去之後，我到窗邊朝著馬路向下看去……很好，她確實走進便利商店了。

「咲姊就是這麼多嘴。」

「我覺得她是個很好的姊姊耶。」

沒想到榎本同學對她的印象不錯。

日葵也跟咲姊很親近，那個人到底是哪裡好了啊？……當我這麼想的時候，榎本同學一臉陰沉地抱怨：

「至少比過年的時候明明有回來，卻完全不跟我聯絡的姊姊好多了……」

哎呀。竟然踩到地雷了。

都是咲姊多嘴，害得別人家的姊妹關係產生了嫌隙。真木島只是稍微有提到，但她們姊妹關係是不是真的不太好啊……

當我們品味著這股超尷尬的沉默時，日葵拿叉子插進扁掉的蛋糕，一邊費解地歪著頭說：

「是說啊～我有點在意……」

「怎、怎樣？」

她目不轉睛地交互看著我跟榎本同學。

「悠宇跟榎榎啊，剛才被咲良姊那樣鬧的時候，就是……感覺也滿若無其事的……」

總覺得她非常尷尬地用叉子遮住嘴邊。

這麼說來，剛才確實感覺若無其事地做出回應。不過，確實也沒有要刻意隱瞞，而且我以為馬上就會被日葵發現了……

「在跟日葵吵架的時候，她向我告白了。」

「咕噗！」

「喂，不要噎到蛋糕了。」

「咦？啊……咦？」

這件事感覺完全出乎她的意料，看起來還有點慌張。在她手邊的蛋糕，已經被戳得像是蜂窩一樣。

「咦？悠宇，但你後來還是說要跟我去東京嗎？這是什麼意思？」

「…………」

我尷尬地撇開視線。

「呃，因為我拒絕她了。」

「啊，是、是喔……」

她總覺得有些鬆了一口氣地接著說：

「即使如此你們相處起來的感覺還是很普通啊。難道是『先從朋友做起吧～』的感覺？」

「與其說是先從朋友做起……」

我看向榎本同學。

她感覺很沉著的樣子，並點了點頭。

「到現在已經被她告白三次了……」

「三次！這是怎麼回事？」

日葵驚訝到好像下巴都要掉下來了一樣。

她平常總是一派從容，因此這是很難得一見的表情。我甚至都想為了賺眼前的按讚數，而拍下她這副模樣上傳ＩＧ。

「啊，如果剛才那樣也算的話，就是四次……」

「剛才哪樣！我還沒來的時候，竟然發生了那種事嗎！」

我跟日葵一起看向榎本同學。

榎本同學一臉正經的表情「嗯——」地沉吟了之後，明確地豎起左手的四根手指。

「算四次。」

好的。她向我告白了四次～

我小聲地鼓掌之後，榎本同學一副害羞的樣子，「欸嘿」地笑了。她這樣卸下心房露出的笑容真的有夠可愛。這也同樣有著讓人想上傳ＩＧ的魅力。

這時日葵介入我們之間。

「等等、等等，給我等一下！」

「怎麼啦？妳從剛才開始，那種一點也不從容的反應是不是有點多啊？」

「現在是要指摘我反應的時候嗎！說真的悠宇，你到底是怎麼了？難道你變成利用榎榎的感情，把女生當備胎的那種壞孩子了嗎！」

日葵把手壓在我的腿上，不斷靠過來逼問我。

哇——住手。不要用妳那張漂亮的臉蛋靠過來好嗎。而且還喘著粗氣，飄散出Yoghurppe的味道。這會害我回想起她在科學教室說「要親嗎？」的那件事。

「不，與其說是當備胎，是無論我怎麼拒絕，榎本同學都不肯放棄啊。隔天會若無其事地跟我說『早安』，還會烤好吃的餅乾給我。」

「她就是在用餅乾釣你啊——！而且這樣一點也不健全。就算這女生是初戀對象，也不能這樣耍曖昧吧！」

「關於男女的健全關係，我唯獨不想被妳說教好嗎。而且妳幹嘛默默就把初戀之類的事情抖出來啊？」

當著本人的面，這可不是讓人覺得害羞而已。更何況，比起害羞的感覺，另外還有一大問題……

「小悠！這是真的嗎？」

妳看吧。

榎本同學平常一副酷酷的樣子，一提及戀愛就會非常興致勃勃的樣子。真的像食人魚一樣緊咬過來。

榎本同學握住日葵的雙手，一張臉朝她逼近過去。

「小葵，求詳細。」

「咦？啊，呃，就是啊，其實悠宇有跟我說過妳跟他第一次在植物園見面的那件事。悠宇從國中的時候就一直在說喜歡榎榎。所以我還以為，只要榎榎主動告白一定會成功……」

震懾於榎本同學的魄力，日葵把所有事情都從實招來了。真不愧是摯友，超體貼到我都要哭了。

我難以承受這種尷尬的氣氛，便找起藉口。

「初戀只是初戀吧。如果要說我是不是直到現在都還喜歡榎本同學……我就不太敢保證了。而且因為榎本同學可愛，我就直接答應這種事，我也辦不到……」

「小悠……」

我看向榎本同學。

聽了這種說詞，她應該會感到失望才是。不過，或許這樣也好。日葵說得對，我跟榎本同學之間的這種關係並不健全。得知了暗戀七年的人，竟然是會說這種忸忸怩怩的話的男人，榎本同學應該也會……嗯嗯？

榎本同學在手機裡迅速地不知道打了什麼之後，緊緊握拳。

「我知道了。我會當作下次的參考。」

「超正面思考。」

我之前就很懷疑，這個女生的心靈是怎樣的構造啊？

日葵從書包裡拿出紙盒裝的Yoghurppe，並吸了起來。看來她需要冷靜一下。

「……悠宇。我覺得傻眼。」

「不要明講好嗎。我也有這種自覺。」

我拿起叉子插向扁掉的蛋糕。

「再說了，妳們之間又是怎樣啊？」

「我們？」

「對啊，直到今天早上，妳們感覺都還很尷尬吧……」

具體上來說，是榎本同學完全無視日葵的存在。

結果不知為何，對此產生反應的是榎本同學。

「啊！」

她一副搞砸了的感覺摀住嘴巴，並連忙離開日葵身邊。接著她正襟危坐地，鬧著脾氣看向另一邊。

……咦？難道這是無視日葵的意思？她從剛才開始……應該說，她們中午就在聊LINE了吧。

「榎本同學，我覺得這也太牽強了。」

「……唉。這麼說來我都忘了。」

立刻就舉白旗投降，榎本同學開始說起原委。

「我跟小葵絕交了。」

「怎麼回事？我第一次聽說耶。」

「從前天開始。」

「有夠短。」

這溫度差是怎樣？

而且她在決定來我家一起進行讀書會的瞬間就忘了吧。相較之下，我跟日葵鬧了兩個星期算是什麼？

榎本同學氣得鼓著臉說：

「小葵明明說要支持我的，卻又想把小悠帶走。」

「唔唔……」

被半瞇了眼瞪著，日葵也不禁畏縮。

「但、但我也從沒想過悠宇會說要跟來啊……」

「而且，呃……那件事我也有責任……」

榎本同學淺淺嘆了一口氣。

「絕對是騙人的。小葵應該很清楚，小悠會去阻止妳吧。說真的，要去東京這件事情，是真是假都很可疑。」

「什麼意思？為什麼這麼說？」

「小葵以前就做過一樣的事。被她爺爺罵的時候，總是會裝作離家出走，但其實都躲在家裡。小葵的媽媽還曾經打電話來我家問說：『她有沒有跑去你們家？』」

「………」

喂，日葵。不要撇開視線啊。有種看我這邊？

日葵揚起最漂亮的笑容。她雙手握拳遮著嘴邊，做了一個「呵呵！」的可愛動作。同時也不忘順便拋了一個媚眼。

「嗯呵呵～但也多虧如此更確認了我們之間的堅定羈絆，這不是很好嗎～俗話說雨過天晴，我們二人組直到三十歲都穩了啦。」

「咦，妳怎麼覺得這樣就能敷衍過去？日葵同學，妳未免也太小看我了吧？」

我啊，真的怕得要命就是了。

甚至都已經模擬好情境了耶，在東京成為藝人的日葵拋棄我，就只有我橫死街頭。

但榎本同學的一句話，就阻止了我跟日葵這樣一觸即發的緊張感。

「不過，那是我不對吧。」

太令人感到意外的一句話。

我跟日葵不禁露出傻愣的反應，只見榎本同學垂下雙眼。她緊握住放在腿上的雙手，覺得難為情地說：

「小慎跟我說，『有什麼怨言等為了成為第一而努力過後再說』。小葵為了成為小悠心中的第一，花費了兩年的時間。然而什麼也沒做，卻相信自己可以成為第一的我，才有問題吧。把一切都交給別人的傢伙，會被見縫插針也是理所當然。」

「…………」

我什麼話都說不出口。

這不可能是榎本同學的錯。因為，這只是我跟日葵自顧自地宣洩出心情才會吵架。榎本同學不過是被捲入其中而已。

有錯的人既不是日葵，也不是榎本同學，而是我。我這個人並沒有好到有資格讓她投以這麼率直的心情。

所以榎本同學說是自己不對，讓我感到非常過意不去。榎本同學沒必要因為我的自作主張而受傷。她甚至可以乾脆把我當壞人痛罵一頓都沒關係。

唯有這點，絕對要趁著這個機會說清楚才行。

「那個，榎本同學。我這樣講或許也很奇怪，但榎本同學絕對……」

就在我正要說出口的瞬間。

榎本同學卯足了幹勁做出宣言：

「所以說，我要成為小悠跟小葵心目中的第一。」

瞬間陷入沉默。

想了想這句話的意思之後，我不禁發出奇怪的聲音。

「「……什麼？」」

我跟日葵異口同聲了。

不同於我們冷透的氣氛，只見榎本同學那雙意志堅定的眼睛熊熊燃燒著。

「我要成為現在的小悠最喜歡的人，也成為小葵最好的朋友——如此一來，所有事情都解決了吧。」

「…………」

「…………」

這孩子是怎樣，好可怕！心靈太過堅強了吧！

她的意思就是「破壞了我跟日葵的關係很過意不去，所以只要兩個人都成為自己的就沒問題了」對吧？一般人會有這樣的發想嗎？要是生在不同的時代，應該會是有名的戰國武將，並被後人寫進課本裡吧？

「那、那個，榎本同學？」

「別擔心。這次的事情，我自己也想了很多。小葵至今一直都是小悠的模特兒，也付出了很多努力，我向她表達敬意也是理所當然，往後也應該要尊重她才對。」

「榎本同學？等等，妳聽我說一下好嗎？妳先等一下？」

「要為了小悠而努力，做一樣的事情就沒意義了。所以，我想在幕後努力幫忙。如此一來，小葵不但能專注於擔任模特兒，我協助小悠製作飾品的時間也能增加對吧？」

「唔、嗯。這個想法是不錯……」

「太好了！而且這樣的工作分配對我來說也是有好處的。畢竟我是管樂社的，若要處理幕後工作，時間上也比較容易配合。而且學點網路訂購及寄送方面的事情，總有一天應該也會對我們家的店有所幫助才是！」

「這、這樣啊。如果可以對榎本同學自己有所幫助那就好……？」

「啊，不過，說得也是呢。就算突然聽我說『交給我吧』也會擔心吧。」

「擔心？不，與其說是擔心……榎本同學？聽我說話好嗎？」

榎本同學沒在聽，將手伸進包包裡。

她從中拿出一本筆記。他們家蛋糕店的營收狀況全都鉅細靡遺地記錄了下來。她將那份資料跟期中考的考卷一起舉起。

「我有在記家計簿，而且不管怎麼說，都是『全年級第二名』！」

語氣超強調這點的。

輸給真木島好像讓她受到不小的打擊。畢竟只差一題就分出勝負，那也是理所當然吧……是說，她裝作好像滿不在乎的樣子，但其實個性非常好強吧？

我跟日葵面面相覷。

她一臉疲憊的樣子，啜飲著Yoghurppe。感覺像在說「榎榎一旦下定決心也勸不動她了」。

接著，我們便相互點點頭。

我對著榎本同學深深低頭致意。

「那、那就麻煩妳了。」

「嗯。我會努力的！」

……雖然搞不太清楚狀況，既然榎本同學都說好了，那就算了吧。

我這麼答應了之後，總覺得榎本同學身後氣勢滿滿的火焰熊熊燃燒著。

「那麼，總之我就先在這個讀書會替自己加點分。」

「具、具體上來說，是要怎麼做……？」

她酷酷地露出微笑之後，就從包包裡拿出小的平底鍋跟湯勺並擺出架式……剛才也是，不管什麼東西都能從那個包包裡拿出來耶。容量到底多大啊？

「小悠，你就儘管期待今天的晚餐吧。」

「真假？好耶！」

不過，這真的讓人很開心。

媽媽出差去了不在家，咲姊也要上晚班。我跟日葵也都不會煮飯，本來想說晚餐不是叫外送，就是吃便利商店便當了。

榎本同學一拿起包包……超多包啾嚕肉泥就像雪崩般掉了出來。

「啊，我都忘了。小悠，貓呢！」

……這麼說來，她之前有說過想在我家玩貓。

「牠應該睡在一樓電視後面之類的地方吧。」

「那我就一邊煮飯，一邊去找牠！」

她走出房間，拖鞋的腳步聲也漸漸遠去。

不久後，就傳來我家的白貓大福「喵嘎啊啊啊啊！」的叫聲……我還是不要深究牠為什麼會叫得這麼淒厲好了。

日葵嘆了口氣，一邊扭著Yoghurppe的吸管喃喃地說：

「天啊～榎榎真是有夠厲害。」

「對啊……」

她看好戲般用手肘戳了過來。

「嗯呵呵～悠宇，這下子你可被一個不得了的女人盯上了呢～」

「妳不要用這種說法啦。榎本同學也只是單純想支持我而已。」

Yoghurppe紙盒傳出喝光飲料的窣窣聲。

日葵將飲料盒摺好之後，就咚地放到桌子上。

「那麼，在榎榎去煮飯的這段期間……我們就來做點快樂的事吧？」

「咦？」

日葵突然就迎面將手放到我的肩膀上。

接著，她將身體湊近了過來。就算我想逃往後方，她也用雙手抵住我的脖子……咦，突然間這是要做什麼？

「嗯呵呵～別這麼驚訝嘛。反正你也不是在跟榎榎交往，這也不算做虧心事吧……？」

「不，重點也不是我有沒有在跟榎本同學交往……」

當我一邊這麼說，日葵的臉就突然靠得很近。

我逼不得已地僵住身體，心跳也飛快了起來。從這狀況看來，日葵感覺心情很好。她先是摸著我的臉頰，又舔了一下自己的嘴唇。

接著，就在我耳邊喃喃低語：

「今晚，可不會讓你睡喔。」

「日、日葵……」

……我感到困惑地這麼說，但也已經看見她拿在身後的東西了。我們四目相交，並發出「呵呵」、「哈哈哈」這樣別具深意的笑。

日葵拿給我看的是……雲雀哥的練習題本。

「好了，來念書吧♡」

「剛才那段鬧劇是有必要的嗎？」

「哎呀～看榎榎跟悠宇那樣放閃，我就想說自己也要來一點啊～」

「誰跟妳來一點……妳到底是依照怎樣的準則在行動的啊？」

……不過，我也確實因此覺得總算恢復到平常那種相處模式就是了。

現在是將近晚上七點……換日前應該是沒辦法上床睡覺了吧。

晚上十二點。

我們勉強待到很晚的時間，才跟榎榎一起離開悠宇他們家。

榎榎還真的做好要過夜的準備了。想盡辦法說服她明天也會在我家辦讀書會，才總算成功將她帶出來。

哥哥開車來接我們之後，便將榎榎送回家。榎榎的媽媽好像忙於明天的準備工作，因此是由我們聯絡她的。

「小葵，掰掰。」

「啊，嗯。明天見……」

榎榎就這樣回家了……直到今天早上的絕交狀態究竟算什麼呢？

在我們回家的一路上，哥哥不斷抱怨地碎唸著。

「沒想到竟然讓榎本的血親搭上我的車……是我這輩子最大的敗筆！」

「哥哥，你還在唸這件事喔……」

「廢話！為什麼非得要我送她回去才行？叫計程車不就得了。」

「她明天會來我們家。習慣一下也很重要吧？」

「妳是認真的嗎？看看我的手，從剛才開始就一直起蕁麻疹喔！」

「榎榎都正式成為我們『you』的成員了。既然要支持悠宇的發展，那你就得認同榎榎才行啊。」

「……咕！雖然是為了悠宇，但沒想到我竟要忍受此般試煉才行！」

真是的，這個人還是這副德性。只要一講到榎榎的姊姊，他平常冷靜的表情就會瞬間消失，不見蹤影。

「但我聽說了喔。哥哥，你現在還會跟榎本學姊見面吧？」

「……咲良講的啊。真是的，她從以前就是這樣大嘴巴，有夠傷腦筋。」

哦～～原來是真的啊。

聽咲良姊那樣講，我本來還半信半疑，所以有點嚇了一跳。

「欸欸，難道你還有眷戀嗎？」

「沒有。只是那群朋友要約聚會時，無論如何都會碰面而已。」

「咦～～？哥哥，你不是那種會隨波逐流的人吧。是不是其實還留有一點情意啊～～？」

「…………」

車子在紅燈前停下之後，哥哥就狠狠地彈了一下我的額頭。

「好痛！」

「比起我的事情，妳還是擔心自己吧。竟然讓榎本的妹妹加入你們，妳真的知道自己在做什麼嗎？」

……唔。

我一邊摸著額頭，並嘛起了嘴。

「沒辦法啊。誰教她那麼坦率地說我是她的朋友嘛。」

說真的，我知道自己做了非常過分的事。

她單戀了七年，命中注定般的對象，我卻只因為跟他相處了兩年，就擺出一副擁有者的樣子並想偷走。而且一開始還說會支持她，結果自己一旦改變了心意就直接翻臉。

……這是生而為人不該有的行徑。收到榎榎用LINE傳來「我不要再跟小葵說話了」的時候，雖然裝作若無其事的樣子，其實我一直都睡不好。

（為什麼偏偏跟榎榎喜歡上同一個人啊……）

當我望向窗外時，哥哥冷笑了一聲。

「看來妳也是沒辦法徹底狠下心啊。」

「……我還這麼不成熟，真是對不起喔。」

妳「也」是……是吧。

但我不會說出口。要是又因為多嘴而被罵，我可受不了。

「日葵啊。說真的，我打從心底痛恨妳這次犯下的愚蠢行徑……不，其實我氣到甚至想跟妳斷絕關係，乾脆把妳丟到路邊算了。」

「咦？你騙人的吧？你不會真的這樣做吧？」

「…………」

「哥哥！」

啊～等一下！拜託不要若無其事地想把車子停在路邊！

我慌亂不已地想逃到後座，哥哥卻伸出右手把我緊緊抓住。是說，裙子！我的裙子要被扯下來了啦！

「總之，先別管那種玩笑話了。但這次的事情我也有不對，對此我有反省了……誤以為妳可以貫徹冷靜的態度，很明顯是我的疏失。」

「唔……」

我一回到副駕駛座，哥哥就一臉認真地說：

「日葵啊。昨天我已經罵夠了，所以我不會再翻舊帳。只是，妳不覺得我們就『往後的方向性』來說，互相配合也很重要嗎？」

「往後的方向性？」

「對……也就是妳與我立下的關於未來的約定——要繼續支持悠宇的夢想。」

我連忙否定。

「但、但是，這我自己會做得很好……」

「不，妳沒辦法。光是看妳那麼輕易就被榎本的妹妹牽制住，就已經不再可靠了。」

「這、這不試試看怎麼會知道……」

「妳不覺得用『不試試看不會知道』的方法，去賭上悠宇這個他人的人生有反倫理嗎？」

我陷入沉默。

哥哥說的話，每一句都是對的。想要辯倒這個人的正論……只靠隨隨便便的歪理是行不通的。不然就是……只能用超越他的正論才行。

但是，我並沒有那樣的論調。

「……是要我別繼續支持悠宇的意思嗎？」

「那『還太早了』。要是在這個階段就那樣做，可想而知會對悠宇造成精神上的負擔。要是對悠宇製作飾品造成負面影響就沒意義了吧。」

「啊，也是呢……」

再怎麼說都只是為了悠宇是吧。

呃，我是知道啦。這種時候，就能切實感受得出比起我，哥哥真的比較喜歡悠宇。

「妳要是對於這次欺瞞我懷有罪惡感的話，就展現出妳的誠意給我看。」

「誠意？什麼意思？」

這跟「一輩子支持著悠宇的花卉飾品店」有什麼不同嗎？

「透過這次的事情浮現了一個問題……那就是『妳跟悠宇自稱摯友，但兩人之間的權力平衡其實並非平等』。妳對這件事有所自知嗎？」

「咦，是嗎？我也是有在努力的耶，為了販售悠宇的飾品，我做了很多……」

這時突然響起「噗——」的喇叭聲。

但好像不太一樣。仔細一看，是哥哥嘆了一大～口氣。

「這不過是為了『開一間花卉飾品店』這個商業目標的行為。我在說的是『身為一個人應有的禮儀』。」

「這、這是什麼意思……？」

「唉。明明很機靈，沒想到竟然笨成這樣……妳不是才剛學到，要是做錯選擇，悠宇就要『肩負起那個責任，非得放棄夢想才行』。」

「啊咕……！」

他是指我說要去東京那件事。

我為了逼悠宇向我道歉，用了非常狡猾的手段……結果把悠宇逼到不得不放棄製作飾品的狀況。

這是我跟悠宇這種命運共同體（摯友）的關係，以缺點的一面呈現出來的形式。

「妳那個無敵的『拜託』，要是用錯地方就會變成一把雙刃劍。妳別忘了，要是悠宇放棄製作飾品，『受到最大傷害的人可是妳自己』。」

「是的。哥哥說得對……」

「這次妳跟悠宇兩個人都踩錯了商業跟私人的界線。當然，悠宇也有不對的地方。但因為妳搞錯了權力平衡，任憑情緒化而做錯『處置』的關係，結果就導致害悠宇必須負擔超過一半的責任與賠償。」

他朝一旁瞥了一眼，看向我的脖子。

我的頸飾上綁著悠宇最棒的傑作……「摯友」的戒指。

悠宇為了製作這個，整整兩星期都在進行艱難的作業。希望我能認同他跟我一起去東京，而展現出了捨棄其他一切的覺悟。

……就連一直很珍惜的，七年前的初戀也是。

然而，我卻沒有任何作為。我沒有付出任何代價。只是一如往常地，等著他原諒我的任性而已。

「那個結果之一，就是本來沒有必要的補考。妳懂嗎？嘴上自稱是摯友，實際上妳卻是在扯悠宇的後腿。既然你們不是會刺激彼此變得更好的存在，那還是不要再兩人組一起行動，對彼此『都好』。因此，為了讓妳能夠成為悠宇真正的『摯友』，我要交付妳一個新的課題。」

他狠狠地直瞪著我。

「妳有異議嗎？」

「沒有……」

說了「那麼」之後，哥哥輕咳了兩聲。

我心跳飛快地等著，他接著就說了出口：

「從今以後，『妳不能對悠宇說謊』。」

「……不能說謊？」

我稍微思考了一下，這才會意過來。

我跟悠宇之間的關係，確實很不平衡。因為我是個愛說謊的人，悠宇的個性卻過分老實，因此權力的方向性只會單方面地流動。

……說到頭來，這次的事情會鬧得更加複雜的原因，就在於我騙悠宇「要去東京」。只要我搞錯使出的力度，事情就會演變成像這次這樣。

「這個課題，也是為了矯正妳的壞習慣。妳總是習慣確保退路，而非尋找邁向成功的道路。妳要是不改進這一點，別說無法跟悠宇形成平等的關係……就連榎本的妹妹也贏不了。」

「…………」

這我也明白。

面對悠宇時，我總是拉出一條「不能比現在更加沉迷」的界線。這就是我跟榎榎決定性的差距。今天，我更是親眼目睹了這一點。

……沒想到她已經說出自己的心意了。而且還告白了三次……還是四次？感覺就像玩笑話一樣，卻完全不是在開玩笑。他們倆為什麼感覺都那麼若無其事呢？

兩個月前，她還那麼害羞地問我：「妳有交過男朋友吧？」是怎樣？當時我真不應該悠哉地抱持著「榎榎就是比較晚熟嘛～」這種心態。

哥哥最後撩起頭髮說：

「讓我見識一下妳的覺悟吧。如此一來，欺瞞我的事情就讓妳一筆勾銷。」

「……要是我沒辦法達成那道課題呢？」

難道我會受到比昨天還要更加嚴酷的斥責……？

當我不禁渾身顫抖起來時，「呵！」哥哥揚起勝利般得意自滿的笑。

「那就請妳離開現在的立場。儘管在一旁眺望著我跟悠宇和樂融融地經營花卉飾品店，一輩子咬牙切齒地活下去吧！」

「啊啊！哥哥，你太過分了！鬼畜！邪魔外道！」

「哈、哈、哈！蠢貨。本來就沒有規定只有妳才能協助悠宇達成他的夢想。一旦發現妳不適任，我就會立刻認悠宇為犬塚家的養子！如此一來，妳的初戀也沒戲唱了吧！」

「咕唔唔唔唔……！」

我們家的哥哥，個性未免太差勁了吧？

啊，但如此一來不就代表可以毫無風險地跟悠宇一起生活嗎？換個角度去想，這對我來說也還不錯……不行，現在就是在說我不能有這樣的想法吧！

（……若不是在悠宇身邊的「專屬位子」，對我來說就沒有意義了。）

我使勁地拍了拍雙頰。

「我知道了。我會接下這個課題的挑戰。」

我明確地點了點頭。

哥哥說著「這樣就對了」，並溫柔地淺淺一笑。

「好啦，日葵。今天妳幫忙悠宇準備考試，應該也累了吧。雖然一切端看星期日模擬考的結果而論，但妳還是做得不錯。」

「謝、謝謝哥哥……？」

「哈、哈、哈。別這麼生硬嘛。說教時間已經結束了……啊，對了。回家之前，去便利商店買個點心好了。」

「咦？已經這麼晚了，這樣好嗎？」

「今天之所以將整個讀書會都丟給妳，責任在於無法接受榎本妹妹的我身上。既然妳填補了這點不足之處，我也得給妳一點『回饋』。」

哥哥接著說了「而且……」並聳了聳肩。

「日葵啊。妳的身體再不多一點脂肪，可是無法對抗榎本的妹妹喔。」

「……啊～哥哥也是這樣想嗎？」

「黃金週那時的ＩＧ照片上她穿著圍裙，所以沒什麼印象，但實際一看真的很不得了。雖然我對三次元的胸圍不感興趣，但悠宇還太青澀了。要是認真對他展開色誘，他的理性說不定就會被轟到灰飛煙滅。」

「啊，我懂～」

我們「啊哈哈」地相互笑著。

哥哥雖然是個嚴謹的人，但還算是滿會說這種玩笑話的。真不愧持有犬塚家的ＤＮＡ……但這大概也是為了不讓我太過畏縮才說的吧。

我們和睦融融地前往便利商店。走這條路的話，會經過全家吧。我最喜歡那裡賣的乾擔擔麵了。雖然熱量很不得了，但我肚子超餓的，也得到哥哥的許可，就別想那麼多了！

抵達全家之後，車子也停進停車場。

在下車前，我無意間問了一個問題：

「啊，哥哥。我只是順便問一下喔。」

「怎麼啦，日葵？」

「你剛才說不能說謊那件事……『怎樣才算是出局啊』？」

——咻～～車內的溫度下降了。

咦？是突然打開冷氣了嗎？

但車子已經熄火了吧？

「……呵、呵呵，呼哈哈！」

正準備下車的哥哥，一邊笑著就轉頭看向我。

那個笑容很明顯跟三秒前截然不同。具體上來說，是「恢復到昨晚罵我的那個時候」……

不，感覺好像……比那個時候……還要冷酷吧——

他一個使勁，伸手一把猛力抓住我的頭。

簡直就跟抓著橄欖球一樣，不斷地加重握力。我的嘴都不禁擠出「姆嘎啊啊啊」的哀號！跟那股壓迫感相比，榎榎的鐵爪功根本像是兒戲！

接著，哥哥的聲音像是從地底湧上一般地說：

「日葵——我說的『就是妳這種地方喔』。」

「對不起、對不起、對不起！我只是下意識問一下而已！我絕對沒有想要踩著不算出局的界線找退路啊啊啊啊啊！」

總之，我先拚命道歉了。哥哥要是拿出真本事，他只要反手轉一下，我的頭就會被砸進球門裡！

「我有說過吧，就是妳這樣下意識的一句話，會奪走悠宇的平靜日常啊！那孩子是多麼異常纖細，妳應該是最清楚的吧！」

「是的！我知道！為了跟悠宇成為對等的摯友，我從今天開始會當個正直的人！」

深夜，我在便利商店的停車場下跪磕頭。結果吃不到乾的擔擔麵了。

……這一晚，我不禁覺得這樣總比被綁在儲藏室還要好了吧。欸嘿☆

III Turning Point.「雨」

♣ ♣ ♣

隔天星期六，我在犬塚家跟雲雀哥兩個人度過了一段充實的念書時光。

我在這裡不斷反覆寫雲雀哥製作的預測考題。女生們被禁止踏入這個房間一步，結果好像就在日葵房間交接了「you」幕後的工作流程。

……向雲雀哥介紹榎本同學是我的飾品販售團隊成員，他才心有不甘地答應讓她進到家裡的樣子。多虧如此，他在教我念書時的斯巴達程度也跟著提升了。

接著我在星期日到學校，接受了補考。

老師當天就幫我改好考卷。

升學指導老師看著我交出去的五個科目答題卷，雙眼怒視地說：

「既然有辦法在補考的時候考到五科滿分，一開始就給我認真點啊！」

「對不起……！」

……不管這次補考合格與否都會被罵，是不是有點太沒道理了？

而且這都是多虧了雲雀哥預測的題目相當精準。考試的時候，我一直覺得「啊，這題在雲雀補習班有看過！」……那個人是不是可以預見未來啊？

「啊啊～～累死了！」

我一走出學校，就朝著一片陰天伸著懶腰。操場傳來勤奮地在戶外練習的運動社團吆喝聲。對於運動社團來說，下個月差不多就要展開地區預賽了。

我也總算可以專心地製作飾品。

下次要做什麼樣的飾品好呢？種在校內的花全都採集起來了，這下子真的要在一無所有的狀態下重新開始。

我踩著輕盈的腳步走向停車場時，一滴又一滴的雨開始從天空落下。

很快地，這樣的雨勢就變成傾盆大雨了。我伸出手用掌心接下大雨，茫然地想著。

……這麼說來，替榎本同學修理曇花飾品的那天，回家時也突然下起大雨了呢。

◆◆◆◆◆

Ⅳ

「燃燒的情意」

♣ ♣ ♣

補考結束後，來到了星期一。

到了五月的最後一週，校園生活也產生了明顯可見的變化。我也是如此。但我刻意不說出口。就算我沒說，反正對方也會自己找上門來。

一早，當我要前往教室並走上樓梯時，有個傢伙就在上面朝我揮著手。

「悠宇～～早安啊──！」

那個人當然就是日葵。

她好像特地在樓梯間等我來。這個人還是一樣很閒耶。

在我走上樓梯的同時，日葵踩著輕盈的步伐靠了過來。才剛乾洗完的短袖上衣很是耀眼，裙子也輕盈地飄逸著。重點式綁在腰上的針織外套，與日葵中性的形象相當契合。

那變化就是換成夏季制服了。

◆◆◆◆◆

我們高中也跟其他學校一樣，是從六月開始換季。上星期就能看到零星幾個人穿短袖，不過大多數的學生還是會在隔週的今天開始穿。我也一樣穿著夏季制服上學。

「早啊，日葵。補考時多虧有妳的照料，謝啦。」

「不客氣～而且也算是我害的嘛。」

接著日葵說「但比起這種事情……」並輕咳了兩聲。

她的身體在原地傾斜了半步左右，感覺有點情色地用食指抵著嘴唇。另一隻手則是捏著衣襟，對我露出鎖骨那邊的肌膚做出挑釁。

……真不愧是專屬模特兒。精確掌握了我的癖好。

我知道她是希望我稱讚她穿起夏季制服的模樣。

但現在不能隨便如她所願。要是稱讚她了，接下來三天左右她在稱呼我的時候，都會得意忘形地加上「最喜歡我穿夏季制服的悠宇」、「對我的夏季制服目不轉睛的悠宇同學～」之類的修飾詞。多虧如此，似乎害得我被極少數同學認為是「鎖骨愛好者」還有「後頸癖」……雖然基本上是這樣沒錯啦！

總之，我面帶微笑地說：

「啊，日葵。是說妳有看昨天的『鐵腕挑戰中』嗎？」

「欸，你絕對是故意的吧！」

「少囉嗦啦。我可沒忘記去年妳在班上同學面前對我公開處刑的事情。」

「別擔心。每個人多少都有著說不出口的變態的一面啊～～」

「那也是要向他人隱藏起來自己悄悄享受才行，並不是可以在公眾場合宣揚的事情好嗎？」

「咦～我都在公眾場合宣揚過自己最喜歡悠宇的眼睛了，你這是在嗆我嗎？」

「難道妳到處宣揚這件事嗎？不會吧？」

「不是啊～我很常被人問到『喜歡夏目同學的哪一點？』嘛～」

「別這樣。妳啊，要是又被人莫名誤會的話該如何是好？」

「怎樣的誤會？」

「啊，不，就是……」

……哪有怎樣，這樣還用問嗎？

日葵抬起眼朝我看了過來，感覺就像在挑釁地說「說啊說啊～～會被人怎樣誤會呢～～？」似的。

這傢伙根本心知肚明。她就是知道，還想逼我說出口。

換作平常，我面對這種情境想必會傷透腦筋，但今天不一樣。因為知道差不多要換季，我也已經設想好這個狀況。再怎麼說，我都當了她兩年的摯友。

（這是替上星期雪恥的大好機會……！）

冷靜下來，悠宇。你辦得到。

我知道上次哪裡該反省。都是因為我太害羞，所以太早說：「開～～玩笑（破梗）的啦。」

仔細想想，日葵在耍我時都會等到我做出反應。接著才在我慌張地說著「妳、妳……！」的瞬間「噗哈～～！」地使出致命一擊。

最重要的一點，就是忍耐。

這跟念書一樣。忍耐到最後，就會得到成果。我在雲雀補習班已經學會忍耐了！我盡可能做出煞有其事的表情（以下省略）！

「會被人誤以為我跟妳在交往啊。我看妳其實是盤算著，如果真的可以這樣順水推舟跟我交往就好了吧？」

我還順便附上了一個壁咚。

以前跟日葵陷入這種情境之中時，她莫名漲紅了臉，還一副很慌張的樣子。根據我的分析，其實這傢伙還滿禁不起這種老套的手法！

（好了，來吧。趕緊臉紅並表現出慌張的模樣吧。是說這真的太難為情了，拜託快點做出反應好嗎日葵同學……！）

當我這麼想的時候，不知為何，她揪住我的制服衣襟。

咦？日葵同學，妳為什麼要摀著嘴微微低頭呢？而且眼睛是不是還水汪汪的，一副快要哭出來的樣子？而且那種快要哭出來的感覺，與其說是因為被欺負而哭，更像是「總算兩情相悅我再也壓抑不住自己的感情了……！」那樣的狀況。

呃，而且確實是紅了臉頰，但總覺得跟我想像中不太一樣。

「……不然乾脆真的跟我交往好了？」

咦？

日葵伸手托住我的臉頰。我的身體不禁僵在原地。

日葵的臉越靠越近。這下子不得了了，為什麼要閉上眼睛啊？而且嘴唇還稍微噘了一點，一副隨時都做好準備的樣子，好像接下來真的要親下去的感覺……不，說穿了這裡是樓梯間耶……搞不好真的會有其他學生走過來……

天啊，要碰上了！

…………

……………………啊，我對這個發展有印象。

微微睜開眼之後，日葵淚眼汪汪地渾身抖個不停。她的臉確實紅通通的，但跟我想追求的感覺還差得遠了……不過，嗯。也是呢。

「噗哈哈哈哈哈哈哈哈哈哈哈哈哈哈哈！」

「…………」

在日葵噴笑出聲的瞬間。

我將全身力道灌注在手指上，朝著她的額頭彈了過去！

「喝啊——————！」

「真的有夠痛！」

日葵的頭不禁往後仰，直接撞上身後的牆壁。她更發出「姆嘎啊啊啊」這樣難聽的哀號。

「悠宇，拜託你不要亂學榎榎的反骨精神好嗎！」

「少囉嗦！還不都是妳做那種莫名其妙的事情！」

「只是悠宇的戀愛能力太渣好嗎～～自己出招結果自爆真是笑死人～」

「無法否定才是最煎熬的事……！」

日葵這傢伙，面對我的戲弄有多強的抗體啊，我真的都快哭了……

「好啦～也看到悠宇很棒的反應，差不多該進教室了～」

「……我已經想回家了。」

當我說著這種話時，樓梯下方傳來一聲招呼。

「啊，小悠。」

會用小悠稱呼我的人並不多。應該說，世界上就只有那一個人而已。我朝下方看去，只見榎本同學一步步跑上樓梯。

（哇啊……）

呃，現在這聲感嘆代表的意思，只要解開算式：榎本同學＋夏季制服＝？應該就能明白了。

我姑且算是人畜無害的陰沉個性，因此沒辦法親口說出來。

結果日葵一臉正經地喃喃道：

「我的天啊，榎榎的胸部還是這麼殘暴耶。」

「妳講話也還是這麼直接……」

春天時她把制服穿得鬆垮垮的，而且衣服也還算比較厚，因此沒有這種印象。

但夏季制服就並非如此了。雖然在短袖襯衫上還加穿了一件針織背心，但這點程度的防禦也掩蓋不了。在另一層意義來說，她跟日葵一樣，穿在身上一點都看不出這是鄉下高中的俗氣制服呢……

也不知道我們正想著這種下流至極的事情，榎本同學跑到樓梯上來了。她一邊喘著氣，一邊整理著瀏海。

「小悠，早安。」

「早、早安。」

……不行。要是一臉不檢點的樣子會讓她感到幻滅。

現在絕對要冷靜下來並表現得跟平常一樣才行，不然就是死路一條。加油，我的臉部肌肉！

「榎本同學，妳穿夏季制服也很好看呢。」

「謝、謝謝你……」

她並非像平常那樣「欸嘿」地笑著，而是感覺很害羞，還忸忸怩怩地在意著裙子的長度。

喂，等一下。竟然也有這種模式嗎？拜託饒了我吧。雖然我沒資格這麼說，但真的真的希望她不要隨便在其他男生面前這樣做……雖然我真的沒資格這麼說啦！

「…………」

無意間，我發現身旁投來尖銳的視線。

我看了過去，只見日葵一臉恐怖的表情配上燦爛的笑容。

不，我知道她想說什麼。大概是「你對在盛夏太陽底下更加清新又可愛的我做出的反應跟這也差太多了宰了你喔」的感覺。我承認日葵確實是四季都有著不同的可愛，但剛才那樣完全是她平時的言行舉止所導致吧。

「小悠，從今天開始你要做什麼呢？」

「喔～這個嘛。在構思新作品之前，應該會先處理其他相關的事情吧。」

「其他相關的事情？」

「像是重新開放接單、賣掉之前使用學校種植的花製作的大量飾品等等。一邊做這些事情時，再去構思新作品。這次要從種花開始，得好好準備才行。」

「啊，原來如此。」

榎本同學的雙手緊緊握拳。

也就是說，她聽懂這是身為新幕後人員的自己要出場的時候了吧。確實是這樣沒錯，但榎本同學要以管樂社為優先也沒關係喔。

「那就放學後見。」

揮了揮手，她便朝著自己的教室走去。離開的時候也是沉著又可愛。

「總覺得很奇妙耶。」

「悠宇，你感覺很沒精神耶，怎麼了嗎？」

「直到不久前，都還是『那就慢慢來做吧～』的感覺，榎本同學加入了之後，總覺得活力就截然不同了呢。」

「啊哈哈，畢竟是戀愛中的少女嘛～」

竟然若無其事地敷衍過去。

不過關於這件事，也還沒找到一個出口就是了。

但不久後，也應該把話講清楚才行。一直像這樣沒有一個結論，就太對不起榎本同學了。

而且對日葵抱持的這份心意，感覺還是一樣亂糟糟的。乍看之下沒什麼改變，但實情卻是截然不同。

……之前咲姊曾用「停滯的小世界」來形容我跟日葵的關係。我若是想以飾品創作者的身分更進一步，就必須想辦法改善這一點。

究竟這是否就是一個方法呢？以帶來刺激這點而論，每天確實都感到有些應付不來就是了。

不過，應該也不太會有更進一步的變化了吧。

……然而當天放學後就發生了變化，甚至讓我以為像這樣小看的心態，是很久以前的事情。

位於別館的科學教室，是我跟日葵的園藝社的據點。

我們主要在這裡使用LED栽培機，調查哪些是可以在室內輕鬆培育的花，並定期彙整成一份報告。名義是具有花卉療法的效果之類，有益於社會福祉活動的研究。

然而實際上是為了確保一個我可以製作花卉飾品的工作室，並進行作為原料的花卉栽培。但可別誤會了，這不過是在有效利用園藝社的工作結束之後剩餘的時間……不過，園藝社的事情基本上都是日葵在處理的就是了。

今天難得要舉辦會議。我跟日葵，還有榎本同學三人坐在六人桌旁，一邊吃著榎本同學帶來的餅乾，談論往後的活動流程。餅乾非常好吃。

「我看還是先從銷售庫存開始吧？」

「也是呢～說是永生花，但新鮮的時候看起來還是最漂亮。」

這時榎本同學問道：

「但既然都經過處理，讓花不會枯萎了，應該沒關係吧？」

「以前我應該也有說過，永生花是讓鮮花處在接近假死狀態的感覺，讓花比較不容易枯萎。說得極端一點，花還是活的。所以時間一久，色彩鮮度也會產生變化。現在是最鮮豔漂亮，然後就會漸漸地暗沉下去的感覺。」

那樣也是別有一番風情，但既然要將樣品拍成照片給人家看，當然還是越新鮮越能吸引目光。做完過了一段時間之後，銷售出去的比例也會跟著下滑。

「之前都是先做好一個樣品並拍照上傳ＩＧ，接著再依照訂單數量去製作永生花。但這次是已經做完了，所以完全是一場跟時間的競賽。」

「這、這樣啊。真是辛苦……」

榎本同學一臉專注地在手機上做筆記。好認真。

「那要是賣不出去，該怎麼辦呢？」

「啊，沒事的，別擔心這個問題。最近比較少發生這種狀況，但在開始透過ＩＧ販售之前還滿常賣不完的。那時候會先留幾個下來給喜歡色澤暗沉一點的客人，其他就會發送給這一帶認識的人。」

「這一帶認識的人像是？」

「平常就會關照我們的鮮花店之類，還有至今協助我們拍攝ＩＧ照片的店家等等。」

「啊，像是做我那個髮夾零件的店家之類？」

「對對對。那間工藝品店也會去。他們若是願意拿來用，我也覺得很開心，而且他們的客群中也會有對我們的活動抱持興趣的人。即使如此還有多的話，還會拿去讓我受益良多的插花教室等等，也會請我們家的便利商店擺一下吧。」

日葵一邊吸著Yoghurppe，嘻嘻地笑著說：

「有一次還拜託我哥哥，請市公所收下呢～」

「啊——有耶。那次真的傷透腦筋了。那時候才剛開始透過ＩＧ販售而已。一鼓作氣做了一大堆就算了，還完全接不到訂單。看不下去的雲雀哥就情商市公所辦了一場民藝市集，讓我們擺攤販售呢。」

相對的，我們去當鄉里大掃除的志工，然後被盡情使喚了一番。不過也多虧那次經驗，才在工藝品店家之間打開知名度，進而決定好ＩＧ經營的方向性，介紹當地優質店家。

總之，關於往後的方針決定好了。

「那就從這些庫存當中挑選出幾個，並拍照放上ＩＧ吧。如果有哪間店可以讓我們進行拍攝就好了……」

忽然間，日葵戳了戳我的肩膀。

我一看過去，只見她一臉跩樣地拍著自己胸脯。

「……我知道啦。由日葵擔任模特兒。」

「嗯呵呵～哎呀，不好意思耶～總覺得好像在催你講一樣，是不是太惹人厭了呢～？」

她好像學會了這種麻煩的舉止。

接著，這次便和榎本同學對上了眼。她的雙手緊緊握拳，朝我這邊探出了身體。

「我、我是幕後人員！」

「我知道啦。妳不用跟日葵互相較量也沒關係。」

像這樣宣示是怎樣的流程啊？難道每次都得這樣搞一輪嗎？

當我們像這樣聊著的時候，突然發生了異常狀況。

「『你們好啊————！』」

伴隨這聲大嗓門的招呼，外頭有人敲響了科學教室的門。

我們不禁面面相覷。

會是誰啊？平常放學後會來這間科學教室的人少到都數得出來。最近榎本同學開始進出這裡，但就連真木島也只有在之前偷看的時候跑來而已。就連擔任社團顧問的老師，我都不太記得上一次來是什麼時候的事了。

「嗯嗯？」

門上的毛玻璃另一頭，可以看見像是女學生的剪影。而且還不只一個人，好像是兩人以上。

我還能聽見另一頭傳來細微地聊了起來的說話聲。

「沒人在嗎？」

「但電燈開著耶？」

……好像有在哪裡聽過的樣子。

總之我們決定先去應門。反正現在沒將製作飾品的道具拿出來，也沒必要特地裝作沒人在。

日葵打開門後，只見綁著成熟馬尾跟一頭中長金髮的女生二人組，朝科學教室看了進來。

「嗨～日葵同學。」

「還有夏目同學，嗨～」

……啊，我有見過她們。

再怎麼說也不可能忘記上星期才講過話的女生的長相。她們是我去真木島班上找他時，跑來跟我攀談的那兩個女生。

她們好像知道我就是「you」，而且對花卉飾品有點興趣對吧。

「呃，日葵同學，我們可以進去嗎？」

「還是說，有點打擾到你們了～？」

日葵一瞬間露出嫌麻煩的表情。但她馬上就切換成優等生模式，用好感度百分之百的笑容迎接兩人。

「哇！妳們兩個，怎麼啦～？來，快進來吧～♪」

……日葵魔法實在太可怕了。

壓根不曉得她的本性，兩個女生心情很好地進來了。她們將書包放在另一頭的桌子上，並拉了椅子過來。

這時，意料之外的人物讓她們發出歡呼。

「啊，榎本同學也在耶！天啊，唯獨這個空間的顏值高得異常！」

「夏目同學，你很受歡迎吧～？哦，真是厲害啊～不愧是飾品師傅呢。」

我沒有做出回答，只是曖昧地勾起嘴角……與其說是歡迎同學，這感覺更像是在森林裡遇到熊的時候會有的反應。

（……榎本同學跟她們兩個是朋友嗎？）

榎本同學本人則是貫徹平常酷酷的氛圍陷入沉默……啊，不對。只是突然變成客場的感覺，讓她的態度變得生硬而已。這樣看來她們應該不是朋友吧。

……呃，哇！

不知為何，那兩人突然就把我夾在中間坐了下來。接著還毫不客氣的感覺，不是摸著我的肩膀，就是拍著我的手。

「欸欸欸欸！快說是哪個？哪一個才是你的真命天女？」

「不過啊、不過啊。根據我的預測，日葵應該是正妻，榎本同學是小三吧？」

「咦？但榎本同學不是在跟那個花花公子在交往嗎？常在ＩＧ上看到他們的合照啊。」

「真假？但那傢伙之前跟網球社一年級的一起逛AEON耶。」

是怎樣？她們在跟我講話嗎？還是兩人都在玩要營造出讓我坐立難安的氣氛的遊戲？而且情緒也都太高昂了吧？

她們感覺是跟日葵不同類型的那種High咖代表。說真的，對我來說是有點難以應付的類型……不過，感覺是沒有惡意啦。

「所以說，妳們來有什麼事嗎～？」

日葵把話題拉了回來。

瞬間察覺這個現場是誰在主宰的兩人，連忙說明起狀況。

「沒有啦！就是剛才遇到笹笹啊～～」

「他就說夏目同學已經補考完了嘛。」

笹笹。指的是那個升學指導的老師。本名是笹木老師。

就連那個惡鬼般嚇人的升學指導老師都能用這麼親切的綽號稱呼，可見這兩個人的社交能力之高。

「之前跟他約好說要做飾品給我們，所以就跑來啦！」

「我們超期待的耶～」

……什麼？

「咦？」日葵跟榎本同學都看向我。感覺就像在說「你竟然答應人家那種事？」。不，我才想問好嗎。

（咦？但是，等等喔……）

總覺得好像有這樣的印象。

我什麼時候答應那種事的？說穿了，我跟這兩個女生也是上星期跑去找真木島的時候才……啊！

『你也幫我們做個飾品嘛！』

『呃，喔，有空的時候是可以啦。我現在因為期中考要補考有點忙……』

……是有答應。

不，可是那種狀況下會當真嗎？一般都會以為只是口頭說說而已吧。陽光人的理解不同太可怕了。

「欸欸，什麼時候可以幫我們做？」

「呃～我想想。畢竟還要先做些準備，沒辦法現在就在這裡……」

「哇啊～好正式喔！啊，但這是要販售的，也是理所當然吧！」

「啊，呃，拜託妳們不要一直拉著我的手……」

她們「啊哈哈！」地大笑出聲。我現在是說了什麼有趣的話嗎？

啊哈哈……我跟著敷衍地這麼乾笑兩聲之後，忽然有股冷淡的視線刺痛了我。朝著那個方向看去，只見日葵跟榎本同學緊～～～緊瞪著我。

（咿——！）

感覺超不爽的。

我也不是想跟她們卿卿我我啊。再說了，不要只在旁邊看著，來幫我好嗎。

我伸手指向堆在桌子上裝著飾品的紙箱。

「那、那個，如果是放在那邊的飾品，妳們想拿幾個走都沒關係。」

「什麼～～～～！那也太寂寞了吧！」

「我們想要特別訂製的！」

結果變成這樣啊。

我不是不能理解她們的心情，但我也是才剛得到自由的時間而已。

當我這麼想的時候，日葵嘆了一口氣，並出言解圍：

「總之，就先聽聽妳們的想法好不好～？我們這邊還有很多事情要做，再怎麼說也是基於悠宇的想法在做。而且特製款有可能比一般款式還要貴，也要討論一下預算才行吧。」

「啊，這樣啊這樣啊！抱歉喔，我還以為會跟平常在賣的一樣～」

綁著成熟馬尾的那位，指著中長金髮的女生說：

「哎呀～就是這傢伙啊，下個月跟男朋友交往一周年了！」

「我們想買個成對的飾品，但遲遲沒有想到什麼不錯的點子啊～」

我反問道：

「也就是說，要兩個分別是女款跟男款的相同飾品嗎？」

「對對對！」

中長金髮的女生笑咪咪地點著頭。

見她們的反應，我不禁心想。

（……好有趣。）

我至今的飾品，都是設想女性客人製作。

那確實也是主要客群，但能透過這樣的觀點接觸到其他客層這個事實，感覺也滿新鮮的。

日葵朝我看了過來。我點了點頭，她就向中長金髮的女生答道：

「悠宇說會積極考慮看看～」

「好耶！」

中長金髮的女生開心地歡呼的時候，綁著成熟馬尾的女生大吃一驚。

「咦！但夏目同學剛才沒有說話吧！」

「啊，他的確什麼都沒說！」

「哇啊，這就叫心有靈犀吧？」

「心意相通的感覺超不得了耶！」

……竟然這樣多嘴。

當我覺得微妙地尷尬的時候，日葵勉為其難地配合她們說：

「畢竟是正妻嘛～」

這句話讓那兩個人「呀～～！」地興奮大喊……背後可以感覺得到榎本同學緊盯著我的視線。為什麼我要感到如坐針氈啊？

日葵這時輕咳了兩聲。

「總之呢。到時候依照設計也會產生預算等問題，因此希望妳男朋友也能一起討論看看，不知道有沒有空呢～？」

「嗯，好啊！像是午休時間應該沒問題。」

「那麼，妳知道我的LINE吧？不用急也沒關係，如果可以列出幾個備選的時間給我……」

日葵俐落地繼續詢問下去，我暫時離開她們的對話。我從日葵的書包裡拿出Yoghurppe，吸著喝了起來冷靜一下……要跟不認識的女生說話果然很累。

（……嗯嗯？）

榎本同學勤奮地在手機上留下某些筆記。

「小悠那樣的表情代表『會積極考慮看看』……」

「也太認真。」

我忍不住這樣吐槽之後，榎本同學面無表情地對我比出ＹＡ的手勢。不，這也不是在誇獎就是了……

「掰掰——！」

「拜託你們啦——！」

兩人離開之後，緊繃的神經總算放鬆下來。

我探出身體懶懶地趴在桌子上。

「我已經不行了……」

「悠宇，你這樣的心靈未免太脆弱了。你都已經決定要積極跟客人溝通了不是嗎～」

「但那兩個人的攻擊力也太高了吧。我比較想跟沉穩一點的客人溝通。」

「不，我倒覺得會積極想買飾品的，應該會像是那種類型的吧……」

榎本同學鼓起勁地問我：

「那、那我該做什麼才好呢？」

「榎本同學，妳也冷靜一點。總之也要先聽那個女生的男朋友怎麼說才能著手。」

「啊，對耶。欸嘿嘿……」

不如說妳光是露出這樣害羞的表情就能帶給我療癒了，因此真的什麼事都不用做也沒關係。

但這種話我絕對不會說出口就是了！

「那麼當前的狀況就是一邊商討那兩人的委託，一邊慢慢銷掉這邊的庫存……」

就這樣，新體制下的「you」接到的第一份工作便拉開了序幕。

在那之後過了三天。

中長金髮的女生跟她男朋友一起來到科學教室。

沒想到對方竟然是三年級的學長，讓我自始至終都很緊張……不過，對話幾乎都是由日葵在進行的就是了。

談完各方面的事情之後，兩人便離開了。

我們三個圍成一圈看著將對話內容記下來的筆記。我一邊看著，無意間就開口說：

「總覺得是有點意外的組合耶。」

日葵感到費解地歪過頭。

「會嗎～？她男朋友感覺人滿好的啊。」

「所以說才會覺得意外吧……」

那個像是High咖代表的女生，交的男朋友是這種型喔。

我還以為會是像真木島那樣輕浮型的男生。結果出現了一個跟熊一樣感覺很沉著的大漢時，我還想說在開什麼玩笑。他們在講話的時候，我一直幻聽到「森林裡的熊先生」（註：日本童謠）……

「啊哈哈。這就代表她是個比起外表，更注重內在的女生吧。」

「這倒是，他們看起來超恩愛的……」

在我們討論的時候，他們一～～～～直在放閃。一下子握著手，一下子肩碰肩，感覺完全像是只有他們兩人的空間。甚至讓我懷疑起這裡究竟是不是我們平常在用的那間科學教室。

榎本同學一臉微妙地說：

「可是小悠跟小葵平常也是那種感覺喔……」

「真的假的……」

這讓我覺得有點打擊耶。

我看向日葵，只見她漲紅著一張臉說：

「不然我們乾脆……」

「我不會跟妳交往喔。還有榎本同學，請妳不要像是『那我呢！』一樣舉手好嗎。」

壓迫感也太強了，壓迫感。

現在我想專心製作飾品，所以這方面的事情希望她們可以克制一下。

「所以說呢？你實際看了之後有什麼感想？」

「……就接下這個案子吧。我也已經浮現一些概念了。」

我立刻做出回答。結果日葵感到意外地說：

「哦～很快嘛。榎榎那時你還煩惱了那麼久。」

「呃，因為跟她男朋友談過之後，聽他說自己平常不太會戴飾品之類的東西嘛。既然沒有什麼特別講究的地方，反而讓我比較好做事。」

「原來如此～的確，榎榎本來就很會打扮嘛～」

「就是這樣。他感覺也比較容易接受我們提出的建議，反而會讓我產生成就感。」

雖然還只是大方向的概念，但主題也已經想像到了。

或許可以好好活用之前跟榎本同學合作時的經驗。

「這次的主題是『送給彼此的飾品』。花的部分我想用山茱萸。不過以開花時間來說，這種花只開到五月，所以不太確定現在還有沒有開著就是了。」

日葵做出感覺是「哦～？」的反應。

榎本同學則是不太懂地歪過了頭。

「山茱萸是什麼？」

「一種春天時會開花的落葉灌木。如果是它的果實，我想榎本同學應該也有看過……」

我用手機搜尋了圖片。

這種果實就像個小小的紅色軟糖一樣。看了照片，榎本同學也睜大了雙眼。

「小悠，我有看過這個。」

「山茱萸在日本全國都有。除了都市以外，其實上學的路邊可能都會有種。」

「這個黃色的花也是可愛又漂亮呢。」

「嗯。這在日本有著『春黃金花』的別名。既明亮又可愛，是春天的代表花之一。」

而且秋天會結的那種果實也是鮮嫩又美麗，甚至還被稱為秋珊瑚。

「這種花的花語是什麼？」

「『持續』或『耐久』。還有『成熟的精神』之類。」

「明明是對飾，用的卻不是代表愛情的花嗎？」

確實，榎本同學的疑問也很有道理。

但是，我也有自己的一番理由。

「山茱萸是一種滋養強壯的花……也就是祈願健康的花。看他們兩個互動的樣子，與其特別強調愛有多堅定，總覺得取『果實』部分的意義做祈願，讓他們互送給彼此好像比較好。」

順帶一提，山茱萸的果實含有營養飲料的成分。以象徵健康的花卉來說名副其實。

「而且她男朋友是棒球社的，還說升大學之後也想繼續打。為這樣的男朋友著想的話，取這層意義好像還不錯……不過，這可能有點像是老爺爺的發想啦。」

日葵跟榎本同學互相看了一眼，並「嗯嗯」地點著頭。

「我覺得滿好的啊～但也要先確保有花可以做才行啦。」

「我也覺得這個點子不錯。而且花很可愛。」

謝啦——

我還想說要是她們覺得太老派而取笑我該怎麼辦。

……就是這樣，這次決定做山茱萸的情侶對飾了。我們立刻就決定請認識的鮮花店透過他們的管道找看看有沒有山茱萸。

♣
♣
♣

到了下星期，日葵再次找中長金髮同學跟她男朋友來一趟。

由於勉強確保了山茱萸的花，現在要用花向他們提案情侶對飾的設計。當然，也包含設計的意圖在內。要是沒有經過客人認同就進行製作，那只是我們的自我陶醉罷了。

「……感覺就像這樣，你們覺得如何？至於預算方面，由於要用來製作的花很快就找到了，就會向你們收取平常我們在做的基本費用。」

我直接親口向兩人進行說明。

雖然緊張到不行，但他們還是聽到了最後。兩人相視了一眼，接著就點了點頭。

中長金髮同學直接豎起大拇指。

「只要可愛就沒問題！」

「非常感謝！」

接著立刻就開始測量。

日葵她們負責測量中長金髮同學。我則是拿出捲尺精細地幫她男朋友進行測量。

飾品的款式決定做成項鍊，因此我以她男朋友脖子的相關數據為重點進行測量。途中，他感覺有些害羞地說：

「我其實不太適合穿戴飾品耶。項鍊之類的，真的沒問題嗎……？」

「才沒這回事呢。學長的體格很結實，所以我覺得會很適合喔。也會使用給人比較柔和印象的配件，請學長放心。啊，戴上這個飾品的時候，露出胸口感覺會比較好。與其被衣襟遮住若隱若現的，放開一點秀出來反而不會覺得那麼難為情。」

「這、這樣啊……你感覺好像比剛才還要開朗耶。」

「……面對那種很潮的女生，我會有點不太會講話。」

「……啊，我也是。就只跟女朋友講話時不會有這問題。」

我們面對面看了一下，並「啊哈哈」地一起笑了起來。

嗯──我好像也能明白那個中長金髮同學會跟這個人交往的原因了。跟他聊天的時候，總會覺得心情很平靜。

在那之後過了兩星期，飾品完成了。

做出了非常有質感的作品。兩人的反應也很不錯。由於這次的飾品沒有對外一般販售，因此單純以製作實績上傳到ＩＧ。

在這段期間，庫存飾品的銷售計畫也如火如荼地進行。我們決定好ＩＧ拍攝的店家，打算在周末時三人一起去拍攝。所有事情都非常順利。

……仔細想想，順利過頭正是這次整起事情的起因。

♣ ♣ ♣

六月中旬。

雖然已經宣布進入梅雨季，但每年的雨勢都不是那麼顯著。

每年都會很困惑地想，為什麼新聞一直要播放水壩的畫面，但在我剛出生的時候，每到這個時期好像每天都會下傾盆大雨的樣子。

就跟上個月一樣，在畏懼著不知道會不會下雨的天氣中上學，然後在校舍內學習學問，放學後便著手製作飾品。這就是我在梅雨季的日常，也是跟日葵共度的和平日常。從上個月開始，加入了榎本同學。本應僅此而已。

那天放學後，又有人跑來科學教室了。

「聽說『you』可以幫人製作自己專用的飾品是嗎～」

語氣開朗地這麼說著的，是個感覺很潮，並留著蓬鬆鮑伯頭的女學生。她跟朋友兩個人一起過來。

好像是想倒追社團的學長，並問說能不能做個符合他喜好的飾品。

……但比起她說這些事情的內容，首先浮現「這女生是誰？」的疑問比較強烈。

我完全沒見過她。日葵也是，她用手指比了一個小小的「×」並搖了搖頭。會不會是榎本同學在管樂社認識的……不，應該不是吧。她整個人看起來變得很生硬的樣子。

就跟之前一樣，日葵揚起燦爛的笑容確認一件重要的事。

「妳是聽誰說起這件事的呢～？」

這麼一問之下才發現。

好像是那個綁著成熟馬尾跟中長金髮的二人組，到處宣傳「you」的事情。話題從運動社團為中心傳了開來，而且還滿多人感興趣的樣子。

總之，先讓那兩個學妹回去了。

日葵喝著Yoghurppe一邊讓自己冷靜下來並沉吟道：

「得先確認現在這個狀況發展到什麼程度才行呢。」

「我等一下去管樂社練習的時候，也去跟社員們打聽看看。」

我一邊打包準備寄送的飾品，並不是很在乎地說：

「但有必要這麼慌張嗎？」

「咦？悠宇，你看起來很從容耶……」

「與其說是從容，應該說我做的飾品，在我們校內的需求有那麼高嗎？」

「啊，原來如此～以悠宇來說腦袋是滿靈光的……」

「我腦袋靈光還真是抱歉喔……」

日葵滑著手機確認「you」的銷售紀錄。

「更詳盡的數據還是要看我家裡的電腦才會知道。不過總之，十幾歲的客人只占了至今銷售整體的不到百分之十……」

「對吧。我的飾品價格定位比較高嘛。」

這是根據日葵的遠見而定的。

商品這種東西，價格定得越便宜客群就會拓展得越廣。但與此同時，商品的品牌性也會跟著降低。就算為了追求眼前的利益而賣得太便宜，將來開店之後也沒辦法再提升價位了。這是日葵從小看那些跟自己家裡借地經營的各式各樣業者的經歷之後，所實際體會到的事情。

……因此我想說的是，至少我的飾品並不是高中生隨隨便便就能買的東西。

十幾歲的客人占比還不到整體的百分之十。在這狀況下還要侷限於我們學校的學生，真的是非常少數。那個中長金髮同學她們一年級時買的飾品，應該也是放了一段時間而降價的款式。

這也是就算日葵至今擔任ＩＧ模特兒，也沒有人認真想要揭發「you」真面目的原因之一。

比起自己買不起的飾品的創作者，每天電視節目播的內容才更是當紅話題。

「所以說，榎本同學為什麼要舉手呢？」

結果榎本同學用一臉非常認真的表情說：

「但說不定也會有像我這樣的例子！」

「呃——會嗎……」

這樣說可能不太好，但我覺得榎本同學那個狀況近乎奇蹟。

說穿了，除了日葵跟榎本同學，我真沒見過其他會像這樣至今還穿戴著我國中時做的第一批花卉飾品的人……這讓我覺得很抱歉，不禁露出微妙的表情就是了。

日葵喝著的紙盒中，傳出窣窣的聲音。

「不，榎榎說的話也滿有道理的耶。」

「真的嗎？怎麼說？」

「之前悠宇確實是個不起眼的陰沉同學，但接下來可能就不一樣了……」

「不不不。接下來是什麼意思？不會有任何改變喔。」

「不不不。悠宇，你這樣的看法太樂觀了。狀況可是時時刻刻都在改變。」

「只是變得比較引人注目一點，有哪裡不好嗎？」

日葵使勁地捏扁了喝光的Yoghurppe紙盒！

「悠宇會變得受女生歡……」

「說不定小悠會大受女生歡迎啊！」

日葵那傢伙，關鍵台詞被榎本同學搶去說就表現出悔恨地「咕唔唔」的樣子。

而且，榎本同學還拉著我的袖子說：

「欸，小悠。如此一來你也會傷腦筋吧？」

「不，榎本同學也先閉嘴吧。不然會討論不下去。」

榎本同學聽了就顯得有些消沉。

「小悠最近跟我講話都好嗆……」

「啊，抱歉。不小心就用像在跟日葵講話的感覺……」

但榎本同學只是天生就有點呆呆的，不像日葵會刻意做出那種反應。這麼一想，好像就不能用一樣的態度去應對……

我才這麼想，榎本同學就雙手緊緊握拳。

「這就是我慢慢追上小葵的證據了吧！」

「超正面思考。」

既然本人覺得這樣很好，應該就沒差了……

「總之，我覺得是妳們想太多了。而且換個想法，這也是好事一樁啊。」

「是嗎？」

「為了更上一層樓，我也決定要積極跟客人接觸了不是嗎？這樣說來，客人主動上門反而是一件令人感激的事。」

「嗯，這樣說確實沒錯啦～由我們去跟沒興趣的客群做行銷，感覺也不太對……」

當我們悠哉地聊著這些時，有人敲響了科學教室的門。打開門一看，有三個女生湊在一起站在門前……不是剛剛的那群女生。

其中一人感覺很緊張地對著我們說：

「不、不好意思！聽說『you』的創作者本人在這裡！」

「…………」

我們面面相覷，嘴角也不禁勾起生硬的笑容。

……看來，這可能不是說著「令人感激」這種話的時候了。

三天後的午休時間。

我們還在科學教室裡接待客人。那個女學生很興奮地問：

「聽說只要戴著『you』的飾品，戀情就絕對會成真，請問這是真的嗎！」

不是。

並沒有發現具備那種形而上的效果。

……聽了那個女學生的期望之後，總之先讓她離開了。教室門上了鎖，我們都不禁趴在桌子上。

「累死了啊啊啊啊……」

「接二連三地跑來，就連我也覺得累爆了……」

「每當我去管樂社時，大家都會跟我說希望可以請我們做飾品，真的很傷腦筋……」

我抬起頭來。

日葵正在筆記訂單的概要。

「日葵，剛才那是第幾個人？」

「剛才那個女生是第十二個……」

「我的天啊……」

「加上男生的話，有十六個人吧……」

「有這麼多喔……？」

這幾天跑來訂購飾品的客人源源不絕。光是聽取他們的要求就幾乎花掉所有時間，甚至都沒辦法製作飾品。

為什麼啊？又不是有降價。之前從來都不感興趣的客群，突然間蜂擁而至。

日葵一邊回顧著客人至今提出的要求，一邊說道：

「嗯～我看還是特製品的效果太強大了吧。」

「什麼意思？」

「你想嘛。我們之前都是製作通用款販售的不是嗎？但這次是以完全特製為前提製作飾品。可以用跟之前差不多的預算買到世界上獨一無二的飾品，那給人的期待值也會提高吧～」

……原來如此。

這樣我就能理解了。就跟畢業旅行去觀光景點時，會買一堆可以加入自己名字的土產是一樣的意思。

「而且那兩個人太會宣傳了～」

「你說的那兩個人，是之前做山茱萸的那兩個女生嗎？」

「沒錯～從大家的說詞聽來，那兩人宣傳的方式越來越進化了。一開始只說是原創飾品，昨天變成世界上獨一無二的特製飾品，今天又說是絕對可以實現戀情的飾品……」

「啊～原來是這樣……」

也就是說，她們觀察各個女生的反應，並追加大家會更感興趣的名目是吧。

花語這種東西，基本上本來就是容易跟戀愛牽扯在一起。若要說花卉飾品能對戀愛帶來庇佑，應該也會有很多人坦然相信吧。

榎本同學感覺很疲憊地嘆了口氣。

「不能請她們別再宣傳了嗎……？」

「可是啊……」

我當然也有想過這個方法。

其實第一天放學後，我跟日葵就一起去找她們，想講這件事。但反而被她們提議：「我們就來擔任宣傳隊長吧！」

「看她們笑容滿面地說：『交給我們吧！』就很難拒絕……」

「我也沒想到竟然會變成這種狀況。而且既然一開始都答應了，事到如今要收回承諾感覺也很不好意思……」

更重要的是，那兩個人帶來的效果，對我們也有「客人會主動上門」這項好處。

現在事情會變成這樣的原因，不如說是我們誤判了她們的消息擴散能力，才會在一開始的應對就有所疏忽。既然是我們的問題，就沒辦法否定她們的好意。

「不過那兩個人，是不是其實也開啟了奇怪的開關啊……？」

「我昨天跟哥哥說了這件事情啊～他說年輕的孩子比起金錢，最能牽動勞動欲望的是『可以親眼目睹自己工作的成果』。僱用者只要善加利用這點，好像就會產生被低薪打工的工作束縛住的問題……」

這種日子不好過的實情現在就先放在一邊……

「總之，我們能做的也只有好好處理這些委託了吧。」

「但之前都沒有一口氣做過這麼多的數量耶。悠宇，你可以嗎？」

「也只能做了吧。反正現在網購的庫存還很多，下個月的期末考……算了，也還有雲雀補習班留下來的成果，應該沒問題吧。」

「天啊～感覺只有問題耶～」

總之，我們決定把科學教室關起來了。

我們人在這裡的話，只要有客人來，無論如何都必須去應對才行。如此一來雖然不是訂單就會完全停滯，但熱度應該會稍微減緩吧。至於那兩個人，也只能向她們捏造個適當的藉口了。

我跟日葵還有榎本同學並沒有什麼特定目的地走在走廊上。

這段期間，我們討論起接下來的活動內容。

「但要在哪裡製作才好啊……」

「也只能來我家的空房間了吧？」

「什麼，但如此一來雲雀哥他……」

「如果是在悠宇的房間，大福會跑來亂吧？」

「麥當勞之類……」

「不，不可能好嗎。要是在那裡直接拿出那麼多器材，店家也會很傷腦筋。」

榎本同學感覺有點鬧彆扭地鼓起臉頰。

「小悠。這樣我就不能去了……」

「………」

可愛死了……不對。

差點就要脫口而出。我的臉部肌肉太了不起了。

「榎本同學，妳平常幫忙家裡的工作大概都是怎樣的感覺？」

「自從高中開始加入管樂社之後，晚上就只有放假時才會幫忙。現在是會早上早起幫忙準備，社團活動結束之後也會幫忙一下……」

日葵提議道：

「不然榎榎，讓哥哥送妳回家就好了啊。腳踏車就……」

當我們討論著這些事情時，走廊另一頭有個熟悉的人走了過來。

來者是真木島。他難得自己一個人行動。

「啊哈哈。還想說是哪個傢伙帶著兩個如花般的美女走來走去的，果然是小夏啊。會在這種地方碰面還真巧。」

「嗨，真木島。你是不是不講些諷刺的話就不肯罷休啊？」

還有，拜託日葵不要用雙手抱住我的手，露骨地強調所有權好嗎。這裡是走廊耶，要是被其他年級的學生看見……榎本同學也不要學她的舉動抱住另一邊的手啦！

「那個，日葵同學？」

「嗯呵呵～悠宇，怎麼了嗎～？」

「呃，別這樣，不然很難走路耶……」

「咦～我們平常不都是這樣嗎～悠宇真是害羞啊～～♡」

不，我們平常哪有……不對，平常確實就是這樣。榎本同學會說我們互動的感覺，跟中長金髮同學那對情侶很像也是無可厚非……

我看向另一邊的榎本同學。

只見那邊的榎本同學通紅著一張臉，不斷用雙眼表達出這種感覺：「我也要這樣做嗎？我也該跟進嗎？」並且步步逼近。

「不，榎本同學不用這樣做也沒關係……」

「但小葵都可以……」

「即使如此妳也不用跟進……」

應該說，那樣也太不得了了。日葵是比較習慣了，所以勉強還能保持冷靜，但榎本同學要是這樣做了，真的會引發無可挽回的事態。

「真木島，救命……」

「真是奢侈的傢伙耶……小凜，小夏會覺得很傷腦筋，妳還是住手吧。而且身體貼在一起的頻率要是太高，到了關鍵時刻會因為習慣而使得攻擊力下降。把這招留到緊要關頭才是上策。」

榎本同學說著：「啊，對耶。」就跟我拉開了距離。接著拿出手機，將剛才這些話記錄下來……她的個性真的很認真耶。

「真木島，你真的在擔任戀愛指導喔？」

「啊哈哈哈。小凜吸收速度很快，我教起來很有成就感。很快就會超越日葵了，敬請期待吧。」

他一邊搧起扇子，跟日葵對視的目光中還啪滋啪滋地爆出火花。

「日葵啊。儘管妳這樣身體緊緊貼著他，我看他還是沒什麼感覺耶？」

「嗯呵呵～很遺憾地～別看悠宇這樣，他內心其實心臟狂跳加速到都要停不下來了～真木島同學，比起別人的事情，你還是先擔心自己什麼時候會被那個學妹討厭吧～？」

「哦？我現在是在『嘲諷一個因為戀愛而沉靜不下來的少女』，沒想到妳這麼老實就承認啦？」

「……！」

瞬間，日葵的表情氣到有些扭曲。

我嘆了一口氣。

「日葵、真木島。比起這種事，你們的對話讓我覺得難為情到要死了，我可以逃離這個現場嗎？欸，不行嗎？」

不知為何，日葵跟真木島都大大嘆了一口氣。

「悠宇就是這樣很廢耶～」

「所謂中看不中用的草包，真的是對小夏最貼切的形容耶。」

你們兩個就只有在瞧不起我的時候特別要好嘛？

順帶一提，山當歸雖然是出名的春季野菜，但長太大會變得太硬而無法食用，然而以建材來說又太過柔軟也無法使用。所以才會有「就像山當歸的根一樣大而無用」這種意思的諺語。不過長大的山當歸到了夏天的時候，會開出像是巨大雪結晶一般漂亮的花。也有人說就像蒲公英毛茸茸的種子一樣。山當歸在度過冬天之前會枯萎，所以實際上不算是樹木……呃，但這種冷知識應該怎樣都好吧。

「比起這個，小夏啊。你偶爾也跟我一起吃個飯吧？」

「咦～總覺得很明顯就有詐耶。」

「啊哈哈。別這麼嫌棄啊。反正你今天『也沒辦法做飾品』吧？」

……原來如此。

我拒絕了日葵她們，就跟真木島一起朝著屋頂走去。

來到屋頂之後，有個學妹就待在那裡。

我有見過她。是真木島現在的女朋友。那個女生注意到我們之後，帶著滿臉笑容對我低頭致意……她還是一樣散發出很不得了的乖孩子氣場。

「難道你們有約了？」

「啊，對耶。」

喂，你這傢伙。

在這樣尷尬的氣氛中是要怎麼……呃，咦？反而是他女朋友察覺到這件事的樣子，說著「那我先走囉☆」就離開了。

……這女生真是厲害。

「那個女生為什麼要跟你交往啊？」

「唔嗯。說真的，我也不知道。我們同樣是網球社的，但不知不覺間就常一起行動。然後順勢就變成『這樣』了，我連她是不是真的喜歡我都不知道。」

啊，是喔。

受歡迎男人的戀愛觀，我大概一輩子都無法理解。

「不過小夏，你看起來感覺非常疲憊耶。」

真是的，好意思擺出這種一點也不覺得自己有錯的態度。不過，他就是這樣啦。

「真木島啊。你揭發『you』的真面目，就是為了促成這個狀況吧？」

「啊哈哈。小夏也懂得懷疑我了啊？這是個不錯的傾向。我就用『Yes』來回答你吧。」

……我就知道。

我就覺得這段時間發生的事情，整個過程都太流暢了。雖然說不出個所以然，但總覺得像在某個人的推動下發展。

「讓那兩個人去宣傳飾品的也是你嗎？」

「不，那可不是。終究只是那兩個人自己想這麼做的。」

「那為什麼會那麼積極……？」

就算推廣了我的飾品，那兩個人也不會得到什麼回饋。

雖然是替他們做了完全特製的飾品，但我也有確實收下費用。那兩個人的行動很明顯就超出太多了。

結果真木島答道：

「那兩個人就是所謂的對宅宅很好的辣妹。」

「什麼？對宅宅很好的辣妹？」

「這是一種網路用語啦。雖然天生就是陽光女孩，但無論面對屬性差異多大的學生，都能用一樣的態度應對，具備高度溝通能力的那種人。在二年級之中，她們是僅次於日葵的受歡迎女生二人組，但看樣子你不知道這件事吧。」

我確實不知道。

……但聽他這麼說，我仔細回想了一下，一年級的時候她們好像也有來找我講過幾次話。但我滿腦子都在想飾品的事情，應該沒有好好回應她們就是了。

「那兩個人天生就是愛關照人的個性。只會憑著純度百分之百的善意採取行動。正因為她們真的覺得小夏的飾品做得很棒，才會那麼勤快地幫你推廣。就這點來說，我發誓絕非謊言。」

「所以說，她們並不是基於什麼理由才那麼做的啊？」

「不過她們那樣也是罕見的類型就是了……正因為如此，我才會挑她們揭發『you』的真實身分。」

「這又是什麼意思？」

真木島打開扇子之後，一邊揚起壞笑才遮住嘴邊。

「畢竟純度百分之百的善意有時還是贏不過純度百分之兩百的惡意嘛。」

「……呃，我聽不懂。」

雖然聽不懂，但我知道他在策劃著什麼不好的事情。

「今天我想找你來聊聊，是為了先跟你道歉。」

說完，真木島就滿不在乎地宣言道：

「如果事情照我所想的發展的話，對小夏的精神層面來說，恐怕會帶來那麼一點～點痛苦的影響。」

「什麼……」

這是怎樣？

而且當面這樣跟我說，我又該做何反應才好……？

「真木島。在榎本同學的飾品完成後的發表會上，你也去挑釁日葵了吧。說穿了，你到底是想做什麼啊？」

真木島張開了雙臂。

這是他在關鍵時刻會做的動作。接著，他用有些恍惚的神情說：

「一切都是為了讓小凜贏得勝利。」

「呃，我就是在問你這麼袒護榎本同學的理由啊。」

「會希望兒時玩伴得到幸福也是理所當然的吧。」

「一般來說確實如此。但從你口中說出來就一點說服力也沒有了。」

真木島快活地笑了笑。

「我欠小凜一個很大的人情。大到要是我不幫忙實現她的初戀就還不起的程度。」

「…………」

平常總是很輕浮的表情深處，隱藏著認真的心意。我緊緊注視著他，真木島便聳了聳肩。

「你要揍我也沒關係。包含上次的事情在內，小夏有資格這麼做。」

「……我當然是不希望你這麼雞婆啦。」

我嘆了口氣，並說出自己率直的想法。

「但這也沒轍吧。假設我想支持身為摯友的日葵的戀情，也不敢保證不會做出像你這樣的事。要是對彼此的重要目的有所衝突，也是會出現這種狀況吧？」

「…………」

真木島一臉呆愣的樣子看著我。

不久後，他才咯咯地笑了起來，並收起扇子戳了戳我的胸口。

「你有辦法支持人家嗎？你明明就喜歡日葵。」

「我只是『舉例』啊，『舉例』！」

真木島大聲笑了起來。

「啊哈哈！小夏就是這樣，我才喜歡啊♪」

「不，我真的不想被男生說喜歡不喜歡的，拜託饒了我吧。」

真是的，我怎麼跟一個這麼麻煩的傢伙交了朋友啊。

……不管是真木島還是雲雀哥，我是不是容易被奇怪的男人看上啊？

就這樣過了兩個星期。

放學後。

我在犬塚家豪宅裡的一個房間裡，拚盡全力在製作飾品。種類真的非常多樣。不只花，就連款式也各有不同。為了在製作過程中不要出錯，我一個一個仔細地組合起來。

其實在花卉處理方面會占用到的時間還滿短的。在專注地做完分離色素以及乾燥等程序之後，靜靜地等待的時間還比較長。

在這段期間，就會開始進行飾品基礎部分的工作。

「……好了。總之先告一段落吧。」

我呼出長長的一口氣。

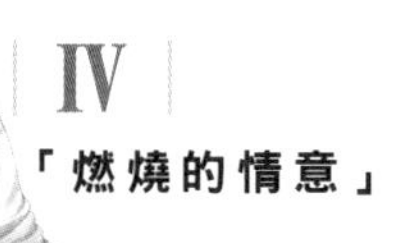

這是第幾個了？在那之後又接到訂單，大概已經二十個了吧？第一批訂購的學生們的飾品都差不多要完成了。

當我這麼想著，就察覺到背後有人靠近。我才回過頭，日葵就從身後抱住我的脖子。

「悠宇～～做得怎麼樣～～？」

「喔，是日葵啊……」

我有點嚇到。

是說，還真的會緊張。雖然真木島說就算日葵緊緊抱住我的手，我也覺得若無其事，但其實心臟飛快地跳個不停……她應該不會聽見我心跳的聲音吧？

「呃，真是抱歉耶。妳明明不在家，我卻擅自跑進來了……」

「啊哈哈，這倒是沒差啦～知道悠宇要來，爺爺跟媽媽都很開心啊～」

我們找雲雀哥商量之後，他覺得要是讓科學教室空蕩蕩的也不太好，因此會讓日葵在那裡待到下午六點。我為了可以專心製作飾品，就會在放學後先來到犬塚家叨擾。

現在犬塚爺爺出院了，犬塚媽媽也在家。即使如此他們還是很自然地讓我進到家裡，也會讓我借用空房間，因此製作過程非常順利。

除此之外，他們還對我照料到無微不至。

看看這堆滿桌子的零食山。雖然在製作期間腦部確實需要糖分，但也該有個限度吧……啊啊，ROYCE'的巧克力洋芋片好好吃。偶爾會有行動販售的卡車停在AEON的停車場呢。

「啊，今天晚餐好像要煮你愛吃的糖醋炸雞喔。」

「真的假的？不用配合我的喜好到這種程度啊……」

「這樣也好啊。我們家的人都超偏食的，媽媽說這樣在想晚餐菜色時反而省事。」

「如果覺得沒差就好……」

來這邊做事的第一天，雲雀哥跟犬塚爺爺為了要吃高級壽司還是義式料理而爭執不休時，犬塚媽媽一句：「難道是對我做的料理感到不滿嗎？」就讓這戰爭劃下句點……這瞬間讓我懷疑在這個家最有權力的人該不會其實是犬塚媽媽吧。

日葵心情很好地一邊摸著我的頭，一邊看著擺在桌上的幾個飾品。

「狀況如何？」

「雲雀哥幫我準備的工作環境實在太棒，讓我覺得都快回不去了……」

「噗哈！你就儘管被養刁也沒關係啊。反正是哥哥要繼承這個家，我就隨自己開心，就算是沒有經過公證的婚姻也沒關係喔～」

「最後一句話很明顯是多餘的吧……」

說穿了，這真的很不得了。

由於科學教室裡也必須備一些器材，所以雲雀哥特地在自己家裡也準備了一批新的器材讓我使用。

雖然幾乎是跟平常用的器材差不多，但很明顯就是專業版。像是讓樹脂固定之類的每一步程序都變得又快又穩定，而且就算接連製作好幾個，也幾乎沒什麼疲憊感。更重要的是，成品看起來好像更漂亮了。器材用起來相當順手，感覺都像要變成自己身體的一部分了。

……現在這個時代，市場上有很多東西都會主打平價，但高價的東西果然還是會帶來應有的好處。這讓我再次體認到這件事情。

「不過，整整兩個星期都這麼拚命地做，還真的很累……」

「那是當然啊～你最近除了去上課之外，都一直窩在這裡嘛……啊，拿那個巧克力給我吃。」

我將ROYCE'的杏仁巧克力拿到日葵的嘴巴前方，而她就像隻雛鳥一樣叼走並吃進嘴裡……這讓我覺得好像有點情色。

不行。她是摯友耶，摯友。不能用色色的眼光去看待摯友。

「晚餐大概幾點會好？」

「剛剛在切雞肉了，應該還要再一小時吧～」

「那我休息一下。」

「好啊～榎榎來了之後我再叫你起床。」

小睡一下好了。

最近都在這邊製作到晚上十二點左右，回到家又要構思飾品的設計之類，實在沒什麼睡。我很想趁學校休息時間睡一下，卻很常有其他人來找我。尤其自從日葵會到科學教室幫忙照料之後，我自己行動的機會也變多了。

「……所以說，妳這是在幹嘛？」

「嘿，悠宇。來，過來這邊。」

日葵跪坐著，並拍了拍自己的大腿……她是在開玩笑的吧？

「不，妳拿那個坐墊給我……啊，妳這傢伙，不要藏到後面去。」

「不可以～竟然拒絕可愛的我要給你躺大腿，難道悠宇是笨蛋嗎？」

不，不如說正因為妳太可愛我才會拒絕好嗎。

……不過，算了。反正也沒有其他人看到，而且日葵一旦下定決心就勸不動她了。

在日葵的引導下，我的後腦勺躺上她的大腿。感覺很不可思議。睜著眼可以看見天花板，還有日葵心情很好的表情。

（等等。這就代表……？）

當我內心抱持某種疑惑注視著日葵的臉時，忽然覺得好像在她額頭上看見「※」的樣子。

「欸，悠宇……」

「怎、怎樣？」

「你有沒有在想，如果是榎榎可能就看不到臉了吧～？」

驚……！

咦，是怎樣？這傢伙是超能力者嗎？她不偏不倚地說中了耶。我的視線悄悄朝另一邊飄去。

「怎麼可能嘛。躺在日葵同學的大腿上，感覺超棒的！」

「天啊～悠宇，你最近有時會傳染到真木島同學輕浮的那一面耶。我真的覺得唯獨那個傢伙，你還是不要跟他當朋友比較好吧～？」

她隨著規律節奏，啪啪啪地拍打著我的額頭。

好痛、好痛。妳這傢伙，不要打人家的額頭……等、等等，住手……喂！

「煩死了！讓我睡啦！」

「呀啊——討厭！悠宇，禁止搔癢喔！啊哈哈，你真的不要這樣！」

因為她毫不留情地拉著我的臉頰，無能為力之下我只能投降。

懶懶地放鬆了身體之後，渾身便包覆在一股難以言喻的疲憊感之中……今天不知道能不能借用這裡的浴室啊？不知道雲雀哥今天大概幾點會回來？

「日葵啊。我有件事想問妳可以嗎？」

「嗯～？」

任憑這股令人舒坦的睡魔侵襲，我趁機想問個有點難為情的事。

要不然失敗的時候就不能蒙混過去了。

「在做榎本同學的飾品時，妳有說過吧？」

「說過什麼？」

「就是妳說妳也想要一個專用的『戀愛』飾品。」

「………」

嗯嘎！

不知為何，我被捏了鼻子。

「那種難為情的事情誰記得啊。」

「什麼，這也太沒道理了吧……？」

不過，突然問起這種事情的我也有不對就是了。

只是一旦像這樣專注做起特製飾品，這件事無論如何就會一直深植在我腦海中，揮之不去。

因為，就只有那個是我留了下來沒有製作的東西。

「怎樣怎樣？悠宇，你對我產生了『戀愛的心情』嗎？」

「少囉嗦。與其說我，妳又是怎樣？」

「我？」

「妳不是很討厭戀愛嗎？因為國中時，被真木島的前女友推到馬路上那件事……就是……現在又有什麼想法？」

「嗯……」

日葵這麼沉吟著，讓我無法看穿她現在的心情。

喂，住手，不要隨便綁起人家的瀏海。這應該是解得開的吧？當我在內心感到有些坐立難安的時候，日葵悄聲地回答：

「我還是覺得討厭。」

「那妳為什麼還說想要『戀愛』的飾品啊……」

「啊哈哈。哎喲，那個時候因為榎榎太可愛了啊～不小心受到她的熱情影響了吧～？」

「也是，這確實能理解啦……」

……什麼嘛，原來是這樣啊。

我還以為日葵是對戀愛覺醒了……更因為猜測起她是不是喜歡上哪個男生，而感到焦急。

說來也真是奇妙。

之前就算日葵交了男朋友，我也只會覺得「那又怎樣？」硬要說的話，感覺就像希望對方是個可以好好珍惜日葵的人。

但現在不一樣了。我不想把她交給一個不知道是哪裡冒出來的男人。就算不是戀人也沒關係，只是摯友也好，我希望她能一直待在我身邊。我有發現自己卑鄙地想著，自己可以辦到這件事。

但這對日葵來說，就太不誠實了。日葵太溫柔了，只要我希望，她就會這麼做。想必會捨棄自己喜歡的男人，也不找對象結婚，就這麼一直跟我當摯友走下去。

正因為如此，我更不能做出那種利用日葵溫柔的事情。我就是知道這一點，才會朝著高處的目標邁進。

這是為了回報在國中那場校慶上，日葵對我立誓的友情。

至少要讓大家認同自己是跟日葵對等的人。

……因為對我們來說的幸福未來，肯定不在現在這條道路的前方。

「真的睡著了……」

悠宇一邊含糊不清地說著話，很快就陷入熟睡之中。我熱衷於玩弄悠宇的瀏海所以沒有仔細聽他在說些什麼，反正一定是跟飾品有關的事吧。

他真的累壞了呢～但這也是理所當然。最近他一直專注在製作飾品上嘛。

是說，我總覺得他好像比之前還更有幹勁了。不，以前當然也是很投入啦。但那個時候比較像是「自己滿意就好了」的感覺。在製作飾品時的雙眼，看起來非常鮮明又閃閃發亮。簡直就像小孩子一樣天真無邪。

但現在本質上就有所不同。自從做了榎榎的「初戀」髮飾之後，他就越來越專注於製作飾品之中。他的雙眼與其說是閃閃發亮……感覺更像「在燃燒」一般。充斥著這股心情——就算只有一點，也要更往高處為目標。

現在的悠宇，更讓我感到興奮。但與此同時，恐懼感也伴隨而來。他會不會又拋下我，自己跑去什麼地方了呢？或是……會不會在不久之後的將來「燃燒殆盡」呢？

……我想，原因還是出自榎榎吧。

也是啦～被一個那麼可愛的女生一再說著「喜歡」，一般的男生都會燃起幹勁吧～這麼一想，我的心就有點刺痛。

但是，沒關係。

我已經決定好要一直幫助悠宇了。不管他要去哪裡，我都一定會跟過去。我也決定好要在那之後的未來得到悠宇。

我伸手輕拍著悠宇毫無防備的睡臉。

竟然睡得這麼放心。真期待他等一下發現這個瀏海解不開的時候會做出的反應～

「我沒有說謊喔。」

我最討厭戀愛了。

這兩個星期以來，被戀愛中的少女們委託的訂單害得我跟悠宇一起相處的時間減少了很多。真的都沒有在顧慮其他人耶。戀愛果然是一種危害。

「我沒有說謊喔。」

會想要那個「戀愛」的飾品，也真的只是受到榎榎熱情的影響而已。

因為，我現在也不想要「戀愛」的飾品這種東西。我相信只要有這個鵝掌草的戒指在，悠宇就會一直跟我在一起。

……只是最近，我開始有點覺得戀愛或許也還不錯。

跟悠宇相處的時間，感覺比之前還要開心好幾百倍。

榎榎也是，我比之前還更想要好好珍惜她了。

雖然我還是一樣討厭真木島同學，但現在會想，那傢伙可能也有他自己珍惜的事物吧。

至於哥哥……嗯，呃，感覺比之前還要可怕一點吧～

但說起會不會想重回以前那樣打從心底用「摯友」相稱的時期，那絕對是不想。

要是我沒有發現自己喜歡悠宇，肯定就不會想得到超越現在的幸福了。

我的人生中，現在一定是最開心的一段時期。

……這真的真的不是在說謊喔。

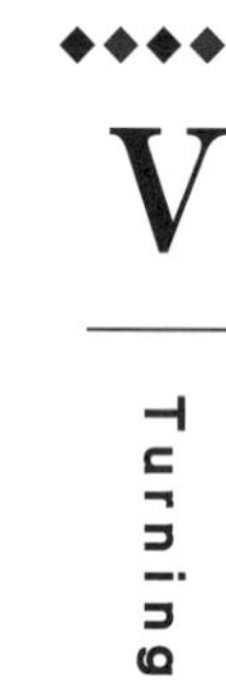

V Turning Point.「紫」

時節來到七月。

那個星期一，一大早就下起綿綿細雨。到校的我從走廊窗戶茫然地眺望著下著小雨的景色。

從上週末開始，陸陸續續將特製的飾品交出去了。

客人的反應都非常好，聽日葵說訂單好像又增加了。這當然是令人感到開心的事情，但相對的，自己製作飾品的進度也停滯不前。也還沒決定下一次要種什麼花，至少在放暑假之前，想多留下一點時間。

「夏目。我有點事要找你。」

「……咦？」

回頭一看，升學指導的笹木老師就在眼前。

我被他帶到升學指導室去。就連班導、訓導主任，還有園藝社的顧問老師也在裡面。

當我覺得這個氣氛好像很嚴肅的時候，笹木老師將某個東西放到桌上。

「這是你做的吧？」

「啊！」

是我做的花卉飾品。

那是上星期交給某位女學生的特製品。用紫色的桔梗永生花製作的髮圈。為什麼會在老師手上呢？

「這確實是我做的……請問，這個怎麼了嗎？」

聽見我的回答之後，笹木老師沉吟了一番。他瞥了一眼訓導主任的反應，接著向我說明整件事情。

「星期六的時候，買了這個飾品的女學生的家長，來向學校投訴。」

「投訴？」

笹木老師重重地點了點頭。

「根據那個家長所言，好像是『有學生硬是把自己做的飾品塞給我女兒，並強迫收取費用』的樣子。」

我頓時語塞。

「這是真的嗎？」

「不、不是！我有確實聽取對方的要求，並事前告知飾品的製作主題跟費用。是在對方同意的前提下才進行製作的！而且……」

「有證據嗎？」

「……唔！」

我對這項投訴的反駁，只因為這一句話就被打斷了。

「……只有在把飾品交給她的時候開了收據。存根聯在日葵那邊。」

「犬塚啊。我知道了。晚點我再向她問問。」

笹木老師記下了筆記。

日葵等一下應該也會被找來吧。

「也就是說，你並沒有事前說明費用等項目，並取得對方同意的證據對吧？」

「…………是的。」

現場瀰漫著老師們沉重的嘆息。

這就代表現階段，那個家長所說的話更接近事實。

四位老師沉默地看著彼此。話雖如此，那主要也是笹木老師跟訓導主任。班導跟顧問老師都只是面露「這下子麻煩了」的苦澀表情而已。

笹木老師說：

「一開始你販售自製飾品這件事，有確實按照規定執行嗎？」

「但我們學校沒有禁止打工……」

「那只侷限於有明確雇主的狀況。你應該知道學生擅自做出賺錢的行為會有問題吧？」

「啊，關於這點，呃……」

關於這個問題，事先就已經做好應對的準備了。

應該說，之前也有被問到這一點。我照著日葵跟我說的，解釋了我們的販售通路。

「我、我們的飾品銷售額，是算在我們家經營的便利商店事業的一環。也有確實遵照法律上的程序……」

「……喔喔，原來如此。那也要再找你的家長談談……呃，這麼說來，夏目的姊姊是那個咲良對吧？」

「咦？老師認識咲姊嗎……？」

「她是我第一次帶班時的學生。當時她就能言善道到莫名其妙的程度。要是那傢伙出面，真的有夠麻煩……」

笹木老師感覺很厭惡地嘖了一聲，被訓導主任狠狠瞪了一眼。

笹木老師一副「哎呀」的感覺，這才收斂起表情，一臉正經地說下去：

「這件事還要經過一番詳盡的討論才能釐清，不過假設你說的是真的，而且校方也判斷你們的活動沒有問題……」

老師清咳了兩聲。

接著，他從正面定睛看著我的臉。

「但不知道這些原委的家長，不會這麼認為。知道嗎？」

「啊……」

我緊咬雙唇。

看我這個反應，笹木老師微微點了點頭。

「我有聽說這個飾品的金額，絕非便宜的東西。對於高中生要買的東西來說，甚至有點太過昂貴了。關於這點，你自己應該也很清楚吧？」

「……是的。」

沒錯。我做的飾品，售價很高。

這是為了確保品牌性，更重要的是，也為了精準鎖定能負擔這樣金額的客群。就這個觀點來說，購買我飾品的客人當中，十幾歲的人還占不到全體的百分之十。

……也就是說，本來就該盡量不要賣給未成年者。我們也應該更加理解這點才對。

「就算這是就法律上正當的交易，家長也不會把這種事情納入判斷的考量之中。他們只看見『自己的小孩為了一個同校學生製作的飾品，支付了這一筆費用為代價』的事實而已。如此一來，你不覺得家長當然會感到擔心嗎？」

「……我能明白。」

我懂。

無論自己傾注了多少熱情。

不管做出來的品質有多麼優異。

看在不感興趣的人眼中，「終究都只是個手工飾品而已」。

這是我在國中那場校慶上，切身體會到的事情。就算售價是遠比現在還要便宜的五百圓，也沒有任何人要買。要不是有日葵，我的夢想早在那個時候就結束了。

（……但那現在也將劃上句點了。）

做得太過火了。

這次特製品的交易，並不是為了賺錢。首要目的是為了聽取客人真切的意見，為了朝著下一個階段邁進。

但是，我應該要做得更謹慎才對。只顧著眼前的目標，而錯失了不該迷失的東西。這完全是我致命性的失誤。

實際上就是牽扯到金錢的問題。視情況……可能還會有警察介入。這真的很糟糕。不只是我而已，已經有很多人……就連日葵跟榎本同學也牽扯其中。就算我再怎麼強調「其他人只是在幫我而已」……「不知道實際情況的他人並不會這樣想」。

就在我腦中差點一片空白的時候，笹木老師突然拍了拍我的肩膀。

「夏目。關於這件事情，還有很多地方需要經過討論跟釐清。雖然不會不准你製作飾品，總之先暫停販售吧。如果是現在已經接了訂單的部分，我會去跟對方說明，並請他們先等一下。知道嗎？」

「……咦？」

聽了這句話，我不禁回望老師。

「這、這樣就好了嗎？」

「啊？你有什麼不滿嗎？」

「啊，不是。不好意思……我知道了。」

離開指導室之後，我重重地垂下肩膀。

「笹木老師……人超好。」

我還以為他會二話不說就要我「禁止販售飾品」。他平常都是一副很恐怖的樣子，我還滿怕他的，看來其實是個會受學生喜愛的老師。

話雖如此，我還是有種苟延殘喘的感覺。當我踩著蹣跚的步伐離開時，班導就快步從我身邊超前而去。

他朝著我們教室的方向走……也就是說，應該是要去叫日葵過來吧。

（得冷靜一下……）

我朝著樓梯下方的那一區自動販賣機走去。

要是能在老師帶走日葵之前，先跟她說一聲就好了。我才這麼想著，就在那區自動販賣機前方看見日葵跟榎本同學。

「咦？日葵，妳們在做什麼？」

「啊，悠宇。早啊～」

「小悠。早安。」

聽她們說，今天好像是兩人一起來上學。

「榎本同學，妳昨天後來就這樣住在日葵他們家了啊？」

「嗯。我有先得到媽媽的許可了。」

雖然遲了一點，但星期日的時候大家在日葵家慶祝我補考通過……說真的，這完全是我自作自受，反而有種對不起大家的感覺。

「欸，日葵。還好剛好碰到妳們。發生了一個緊急狀況。」

「嗯？怎麼啦～？」

日葵把大量從自動販賣機買來的紙盒裝Yoghurppe塞進書包裡。那應該是今天常備的份吧，但她最近喝的量很明顯增加了耶。

「就是有個向我買了飾品的學生……」

我向兩人說明了剛才被老師找去的那件事。

日葵跟榎本同學聽著聽著，臉色也漸漸變了。原本一邊喝著Yoghurppe的日葵，使勁地捏扁了紙盒。

「啊？是怎樣，這也太莫名其妙了吧！」

把飲料喝完再捏爆，妳生氣的方式還真靈巧……

榎本同學也一臉生著悶氣的表情喃喃道：

「……總覺得那個人以後一定會變成麻煩的奧客。」

榎本同學生氣方式就像切身體驗過一樣，感覺真的很討厭……

「總之，老師們說也要找日葵問問，所以班導應該在教室等妳才對。」

「還好我有先聽你說起這件事情。我先打個電話給哥哥好了。他應該已經抵達市公所了，會接電話才對……」

這時，我聽見樓梯上傳來腳步聲。

「悠宇、榎榎。我們還是到科學教室再說吧。我也不想讓其他人聽見……」

「啊，說得也是。」

我們便朝著別館走去。

日葵一邊打電話給雲雀哥，一邊問我：

「笹木老師怎麼說？」

「他說在聽過日葵的說法之後，還要做很多討論及釐清。在結果出來之前，要我先暫停販售飾品。」

「很像那個老師會做的決定耶。哥哥之前也有說過，笹木老師是個可以溝通的人……但哥哥本人卻不接電話。真是的，悠宇正面臨危機耶——」

日葵取消通話之後，改用LINE傳送訊息。我們一邊稍微討論著關於今後要採取的行動。

「總之，我們要站穩自己的主張。說謊的是那個人，我們只要把真實的情形說出來就好了。我們有對方簽名的收據，再請那兩個宣傳隊長來幫忙……」

這時，傳來喀咚的聲音。

從樓梯走下來的學生，好像就在另一邊的自動販賣機買飲料。不知為何，我不禁佇足。

這是不是就叫不祥的預感呢？我看著日葵她們漸漸走遠，無意間就朝自動販賣機的方向回頭看去。

我聽見了那一頭的學生尖聲的怒罵。

「真的是被騙了買到沒用的東西！」

「對啊～就是聽那兩個學姊那樣講，才會相信的～」

在交談的好像是兩個女生。感覺心情很不好的樣子——噗咻一聲，傳來打開碳酸飲料瓶蓋的聲音。

「真的是氣死人了！」

隨後就發出鏗鏘一道像在砸東西似的聲音。

與此同時，也伴隨著碳酸飲料噴灑出來的聲音。

「哇啊，好髒！都漏出來了啦。」

「少囉嗦。反正打掃時會擦啊。」

「妳是不是有點太暴躁了啊？」

「還不是因為說『絕對可以兩情相悅，我才會花那麼多錢去買耶』。」

忽然間，我對這句話感到很在意。

我躡手躡腳地靠過去，專注聽著她們的對話。

「妳卻馬上被甩了嘛～」

「真的無法原諒。而且我之前就覺得跑來推薦的那兩個學姊很煩了。」

「『那個』不能退貨嗎？」

「開什麼玩笑。那不就像是我去跟人家說自己被甩了一樣。」

「也是呢～仔細想想，這椿生意還真賺呢～」

垃圾桶被踹倒，空瓶在地上四散的聲音響徹走廊。

「做了『這個』的那個男的也是，真的乾脆去死一死好了。」

啪嚓一聲，這時傳來像是捏碎了某種輕盈物品的聲音。還能聽見另一個人說著：「哇啊，好浪費～」

「…………」

我的心臟飛快地跳動著。

不會吧，怎麼會有這種事，不可能吧。儘管腦中拚命浮現出這樣否定的話語，內心冷靜的部分卻早已有了確信。

……我之前就有聽過那女生的聲音。

那個女生打扮很時髦，但感覺很吵。而且態度還有點強勢。說真的，是我相當難應付的那種女孩子。

她說自己喜歡同一個社團的學長。那個學長好像說過喜歡的是個性沉穩的女生。因此希望我能做出一個大和撫子般的女生感覺會戴的飾品。

當她說著那個學長很帥氣的時候，我覺得那樣有些稚氣的表情還不錯。

「…………」

我不禁朝著自動販賣機那邊走去。

眼前的光景，讓我只能茫然地在原地佇足。

「啊！」

那兩個女生露出驚訝的表情看著我。不過，那種事情一點也不重要。映照在我眼中的……是她們的腳邊。

走廊上，灑了一灘紫色的碳酸飲料。

雖然是沒聽過的品牌，但是比芬達之類還要便宜，一枚硬幣就能買到的那種葡萄果汁。

粉紅色番紅花的永生花被捏得又皺又扁，並浸泡在那散發出廉價氣味的果汁裡。

跟我對上眼的那兩個女學生慌慌張張地就想逃走。

「等一下！」

抓住她們的肩膀留住人的，是從我身後折回來的日葵。下個瞬間，她高舉起手，朝那個短短鮑伯頭女生的臉頰使勁地打了下去。

「這是人家那麼認真又努力做出來的飾品，妳怎麼能做出這種事！」

日葵難得放任情感發出怒吼，感覺好像深深烙印在我的耳底。

當我察覺「一件事情」之後，便在那葡萄果汁之中屈膝。榎本同學在身後說著：「小悠，會弄髒喔。」並拉著我，但我還是甩開她的手，撿起了飾品。

「…………」

淡色的花被漸漸染上了紫色的漸層。將它放在掌心上拿著的那隻手，感覺正在顫抖。

……我覺得喜歡異性的那份情感很美好。

我就是對日葵產生戀慕的自覺，才會強烈地想再更上一層樓。

但是，日葵卻說戀愛是一種危害。

國中的時候，她曾受到真木島腳踏五條船的其他女朋友們嫉妒，因而被推到馬路上，並差點被車撞。那時在她心中留下的傷，想必還沒消失吧……不，或許一輩子都不會消失。

因為，我現在總算明白，那真的「只是一句毫無虛假」的話。

喜歡一個人的「美好情感」，「不一定就是純淨無瑕」。

◆◆◆◆◆

VI 「不滅的愛」for Flag 2.

◆◆◆◆◆

◇◇◇

三天後的星期四。

笹木老師下達了處分。

就結論來說，不會受到懲罰。笹木老師向投訴的家長說明原委之後，對方答應用退款的方式解決。其他學生也一樣，如果有學生想退貨，只要拿著收據跟飾品到教職員辦公室就可以。

（呼～太好了……）

總之，這次算是勉強得救了。哥哥之前說「交給笹木老師處理就好」，不過那個人還真是替學生著想～～哥哥高中的時候，好像也受到老師很多的關照。

……但是，在早晨班會上宣布飾品退貨的事情實在不太好。周遭同學們的視線都投向我們這邊來。儘管這是為了不讓其他學生也基於跟之前那些人一樣的原因前來訂購，這種公開處刑的方式對悠宇的精神層面應該會帶來很大的打擊吧～

不過，這方面有我好好支持著他。

正妻就是要在這種時候派上用場嘛。這就是在日葵美眉體貼又包容的慈愛舉動之下，讓悠宇的信賴度大幅提升的計畫。

我朝著坐在隔壁座位的悠宇伸出手，並拍了拍他的背。悠宇慌張地朝我這邊轉過頭來之後，嘴邊有點僵地說：

「咦咦，幹嘛？突然間是怎麼了？」

「沒什麼啦～只是想跟你說，今後也繼續努力吧。」

「……喔——是啊。」

悠宇只回應了這句話，就撇過頭背對我，眺望著窗外。

……悠宇這幾天都沒什麼精神呢～

不過，也是啦。親眼目睹那種情景，打擊想必很大。

要怎麼替他打起精神呢～偏偏悠宇是興趣等於工作的那種類型。在跟我成為摯友之後，雖然也會看電視跟打電動之類的，但那頂多是為了研究現在的流行。因為能真正讓他放鬆下來的時間，果然還是只有在觸碰花卉的時候。

總之，這個週末就玩個盡興，消消災吧。

到了下星期，再以重生的「you」展開行動。

沒事的，沒事。

在我們漫長的「夢想」面前，這點小石頭只是像絆到腳一樣而已。

那天放學後，我運氣很不好地要去參加班長集合。

結束之後，我連忙前往科學教室。

途中，我在走廊上碰巧遇上了榎榎。

「啊，榎榎。妳不用去管樂社嗎？」

「我跟社團說今天要休息一天。」

「對不起耶～果然還是很尷尬嗎？」

「不會。我們社團的人也都還沒訂購飾品。」

我們一起前往悠宇等著的科學教室。

「小葵。接下來要怎麼辦呢？」

「嗯～總之，這個週末就先休息吧～我應該會找個地方，帶悠宇去轉換一下心情吧～」

「咦，就這樣沒問題嗎？」

「什麼意思？」

榎榎感到有些不安地握住左手腕上的曇花手環。

「因為，他可是遇到了那麼過分的事情喔。真的這麼輕易就能轉換心情嗎……」

聽她這麼說，「噗哈！」我笑了笑。同時也伸手緊緊握住脖子上的頸飾……那個「摯友」的戒指。

「啊哈哈。沒事啦。悠宇喜歡花的程度非比尋常，畢竟一直以來，他每一天都會接觸那些花喔。他一定很快就能從那種事情當中振作起來，並專注在製作飾品上。」

「…………」

即使如此，榎榎的臉色還是不太好。

她直直注視著我的臉，語氣明確地說：

「正因為喜歡，在崩壞的時候才更會留下一輩子都無法消失的傷喔。」

「……唔。」

聽她話中有話似的這麼說，讓我不禁語塞。我從口袋裡拿出Yoghurppe，並喝了一口讓自己冷靜一下。

「妳像這樣讓我產生動搖，也是真木島同學教的嗎？」

聞言，榎榎露出生氣的表情。

「這跟小慎沒關係。」

「但這整個狀況都是真木島同學策劃的吧。就算榎榎有摻一腳也不奇怪啊～？」

榎榎感覺怒火中燒地回嘴：

「怎麼可能啊！小葵，難道妳在懷疑我嗎？」

上鉤了。我揚起大大的笑。

「咦～可是啊～榎榎裝作一副天然呆的樣子，其實還滿有計謀心的吧。之前讀書會那時也是，妳還裝睡緊緊抱住悠宇嘛。」

「……唔！」

榎榎的臉瞬間漲紅到平常的五倍。接著，她以感覺可以響徹整座別館的大嗓門否認道：

「我又沒有裝睡！」

「噗哈～看妳這麼焦急的樣子，感覺好像被我說中了呢～再說了，妳都那麼精心打扮，卻堅稱沒有任何期待也太假了吧。」

「那是因為……可能會見到他們家的人……」

「原來如此～～但妳前陣子來我家的時候，有那麼認真打扮過嗎～？」

「～～～～～！」

就在我們吵個不停時，走廊的另一頭有人喊住我。

「喂，日葵。這裡是走廊耶，不要這樣大聲嚷嚷。」

「啊，悠宇……」

悠宇手中抱著一個小小的紙箱。

是說，為什麼只針對我啊？榎榎也吵得很大聲啊。

悠宇走了過來，若無其事地跟我們會合。

「悠宇，你不是在科學教室嗎？」

「我去找笹木老師。把退貨的飾品拿回來了。」

「啊，是喔。那老師先代墊的退款呢？」

「我一併給他了。雖然老師說他不收，但總不能這樣。」

到了科學教室之後，悠宇拿出鑰匙開門，並率先入內。

我在進去之前，轉頭看向還在走廊上的榎榎。我正面瞪著她的臉，用悠宇聽不見的聲音說：

「『我的悠宇』才不像榎榎一樣軟弱。」

「……………」

榎榎一臉很不爽地朝我瞪了回來。

「小葵。我真的很討厭妳這種地方。」

「……………」

我們兩個同時對彼此「呸——」地吐出舌頭，這才進到科學教室。

悠宇先將紙箱打開，並把裡面的東西一個個排在桌上。

總共十個左右。

雖然不至於全部退貨，但也有半數了。

老師們將這件事視為一個問題處理，帶來了很大的影響。我也能明白就算沒被父母發現，還是會想將在學校視為問題的飾品退貨的心情。

榎榎一臉悲痛地拿起其中一個。

「這該怎麼辦呢？」

「嗯～雖然很可惜，但也已經無法再次拿來販售了。畢竟有將這些成品當個人實績在ＩＧ上公開了，而且要是有點小傷痕也會很麻煩。」

小傷痕……說到這個詞，我的視線自然朝著「某個飾品」看過去。

染成紫色的番紅花。

結果，這也當作退費處理了。

「我還是無法接受耶。」

悠宇嘆了一口氣，就將那個放回紙箱。

「沒辦法啊。對她來說，應該認為是『被我們騙了強迫推銷』吧。」

「悠宇，你真的能夠接受嗎？都那麼努力做了……」

「因為她這樣說也不全然有錯啊。我們明知是用『讓戀情成真的飾品』做宣傳，卻還是覺得只要有接到訂單就好了。」

「……」

總覺得怪怪的。

以悠宇來說，這個意見也太成熟了。平常明明都是悠宇碎唸著抱怨，而我負責勸他的感覺。

（算了，沒差。既然悠宇都想通了，我一直放不下這件事也很奇怪。）

更何況，那個嘛……

那個時候我太情緒化了，還打了那個女生嘛。

哎呀～那真是太糟糕了。幸好笹木老師在理解整個狀況之下前來仲裁，而且對方也嚇到什麼都沒說，但出手的時機實在是糟透了啊～要是家長來投訴，再加上我的暴力行為之類，搞不好還會遭到停學處分……嗯，我要自重一點。

（好啦，氣氛也有點沉重呢。這種時候就要由擅於炒熱氣氛又是美少女的我，讓大家嗨起來吧～！）

我輕咳了兩聲。

接著雙手啪地合十，並發出格外開朗的聲音。

「那不然！我們轉換一下心情，週末找個地方一起去玩吧。悠宇最近一直都很拚命，需要好好休息一下。榎榎也是，一起去吧～？」

「唔、嗯。我回去問問看媽媽，如果不是太忙的日子，應該就沒問題。」

「好耶～真不愧是重生後的『you』成員！那要偶爾跑去遠一點的地方玩嗎～？喏，我們去隔壁城鎮那間大型的AEON吧。我有一部想看的電影～」

「啊，那我想去紅茶店的專櫃看看。在小悠家喝過櫻桃鼠尾草的紅茶之後，我就一直想試試沒喝過的紅茶……」

榎榎很識相地接下我的話題。

我們兩個還滿認真地一邊做好玩樂的計畫，並看向悠宇。我揚起最強又最可愛的女神笑容，組起雙手做出「走吧？」的請託姿勢。

「然後，下星期再一起討論今後的活動方向吧？而且之前都顧著處理特製飾品，還沒決定好要在花壇種什麼花呢。我們就從這點開始，回歸到原本活動的正軌吧。」

「…………」

悠宇沉默了好一陣子。

接著，他悄聲地，感覺就像在對自己說話一般開口：

「……那個……我有個想法。」

「嗯？怎麼啦～？」

我輕呼一聲：「啊！」並伸手遮住嘴邊。

「哈！真不愧是悠宇，已經構思好下一個飾品了嗎？哎呀～花卉笨蛋就是不一樣呢～雖然嚇了一跳，但我最喜歡這樣的悠宇囉～♪」

我一邊拍著他的肩膀這麼說。

但悠宇連看也不看我一眼，做出意料之外的宣告。

「——我想，在高中畢業之前都不要製作飾品了。」

當場陷入一片寂靜。

咦？

他剛才說了什麼？……是不是我聽錯了？

我注視著悠宇的側臉。但他像是要逃開我的視線似的，朝著另一邊撇去。

我回頭看向榎榎。她露出一臉悲傷……但又像是領悟了某些事情，並感到死心的表情。

就我一個人一邊傻笑地說：

「啊、啊哈哈～～悠宇，這種玩笑話『噗哈不出來』啦～你要是用這種惡俗的手法整人，小心會沒有朋友喔～」

「………」

當我戳著悠宇的腋下想攻擊他，卻被有些粗魯地甩開了。悠宇感覺自暴自棄地說：

「所以說，我就是認真的啊。經過這次的事情我也明白了。想趁著還是學生的時候賺錢，本來就是一件奇怪的事。不但會給很多人添麻煩，現在就先停止活動……」

我連忙阻止他說下去。

「等、等一下。你也不用說成這樣吧。這次我們確實有做錯了一點事情。但笹木老師也說，只要不賣給未成年就可以繼續做下去……」

「但我們在做的事情，也真的被認為是一件壞事啊。妳應該也有發現，之前就有人在背後對此指指點點的吧？」

「這、這我知道沒錯，但只要我們無視就好了啊。那種人只是在看好戲消磨時間而已。」

「那是像妳這樣精神層面堅強的傢伙才會這麼想好嗎。我這種人就是受不了被別人像那樣盯著看啊。」

……總覺得不太對勁。

悠宇的精神層面確實沒那麼堅強。但自從跟我一起行動之後，對於他人投來的視線之類，他的容忍度也相當高了。而且已經被我鍛鍊到就算班上同學拿他跟我之間的關係開玩笑，也只會隨便帶過而已。

我搖晃著悠宇的肩膀。

「欸，欸。冷靜點吧？呃，來，喝點Yoghurppe。」

我從書包裡拿出Yoghurppe並朝他遞了過去，卻被一手拍掉。被惹惱的我便拚了命想將吸管塞進悠宇口中。

悠宇一邊壓制住我的雙手，沉吟著說：

「而且，這也沒差吧。我又不是說再也不製作飾品了，只要把直到畢業之前的這段時間當作增廣見聞……」

「說這什麼天真的話，要是在這段期間『you』被大家遺忘了怎麼辦？直到畢業還有兩年的時間耶！」

「到時候再從頭開始不就好了。我們已經知道要怎麼在ＩＧ上宣傳了，一定很快就能東山再起。不，只要能活用至今該好好反省的地方，一定能更加……」

「哥哥有說過！機會可是流浪的旅人！一旦放手，就不會再回來了！不在關鍵時刻趁勢而為的傢伙，一輩子都是處男啦！」

「對不起喔我就是處男啦！拜託妳不要在這種時候拋出炸彈級的下流話題好嗎！」

我拚了命地將Yoghurppe的吸管逼近悠宇的嘴邊。就在要塞進去的前一刻，悠宇認真地使勁把我推了開來！

「日葵，妳鬧夠了沒！」

「嗯嘎！」

這股力道讓我捏扁了拿在手中的紙盒。Yoghurppe從吸管中噴了出來，灑在悠宇的制服上。

「哇啊！日葵，妳……！」

「是、是悠宇不對好嗎，誰教你突然間就說不做飾品了……」

「我不就說了，只是暫停到高中畢業為止啊。畢業之後就租個房子當工作室，一直專注於製作工作上。在那之前就做些一般的打工存錢……」

我懷著依賴的心情，揪住他制服的衣襬。

「我、我不要。我不是常在說嗎，我最喜歡悠宇在製作飾品時的眼睛了。欸，應該有個什麼理由吧？難道是又被誰說了討厭的話了？如果有我可以幫上忙的地方……」

「…………」

悠宇注視著我的臉。他的表情看起來格外悲傷……似乎還帶著失望般的情感。

接著他撇開視線，悄聲喃喃道：

「……什麼嘛。說到頭來，意思就是如果我不繼續製作飾品就沒價值了嗎？」

悠宇自暴自棄的說法，讓我不禁感到畏縮。

「我、我又沒有說這種話。我只是覺得，你既然為了夢想努力到現在，就不該白費……」

「……唔！」

悠宇甩開我的手。

接著他任憑情緒驅使，毫無保留地怒吼：

「想開一間飾品專賣店是『我的夢想』吧！日葵只是在協助我完成而已，沒道理要被妳強制到這種程度！」

「……唔！」

我不發一語。

……那是什麼意思？

確實是這樣沒錯。

但你才是，沒必要把話說成這樣吧？

「…………」

我緊緊握住拳頭。

對於完全不看向我的悠宇，我心中一口氣湧上怒火。

我將桌上的飾品全都丟進紙箱裡。整箱抱起來之後，我打開了科學教室的窗戶。從二樓的這裡看下去，剛好可以看到停車場的屋頂。

「日、日葵……？」

悠宇好像想說些什麼，但我沒有停下動作。

我將那個紙箱高舉過頭……

「等等，妳……！」

「小葵！」

……最後還是沒將紙箱丟出去，並輕輕放回桌上。

「～～～～唔！」

從書包裡拿出Yoghurppe之後，「啾————」我一口氣喝光。接著就將那飲料盒使勁地捏扁。

我超冷靜！

「…………」

「…………」

悠宇跟榎榎茫然地望著扁掉的飲料盒。

那兩人做出一樣的反應，總覺得反而惹毛了我。我的心裡依然非常煩躁，並放聲怒吼：

「悠宇的想法，我知道了啦！」

我粗魯地擦掉眼睛泛出的淚水，接著就衝出了科學教室。

◇ ◇ ◇

那天晚上。

當我趴在自己房間的床上時，有人敲響了房門。我拿起放在枕頭旁邊的護唇膏朝著門丟過去之後，另一頭就開門了。

哥哥看著我，嘆了一口氣。

「日葵，妳晚餐也不吃，是在鬧什麼脾氣啊？」

「……悠宇說他不做飾品了。」

哥哥陷入沉思。

喀嚓、喀嚓、喀嚓——他讓腦袋全速運轉，並正確地推測出現況……「唉——————」他刻意重重地嘆出一大口氣。

「所以說，妳是對於在悠宇的夢想中，自己被當成局外人而感到不爽是吧？」

我啪躂啪躂地拍動著雙腳。

哥哥像在忍著頭痛一樣，用手指壓著眉頭。

「日葵啊，妳是笨蛋嗎？發生了那種事，妳明知悠宇的精神層面大受打擊吧。然而卻還催著他『下一個、下一個』，這會讓他說出並非出自真心的氣話，也是無可厚非的吧？」

我繼續拍動著雙腳以示抗議。

我才不是笨蛋。悠宇才是。我明明也有在努力，他卻說那種話未免太沒道理了。

當然，我也知道哥哥說得對。其實應該要尊重悠宇的想法……不，是「裝作尊重他」，並等待悠宇恢復才是正確的做法。

但我就是辦不到。

這不是因為跟哥哥約好「不能說謊」的關係。而是基於更深層的本能，一時對於說出那些話感到抗拒。

「……因為，要是悠宇『真的就這樣不回來了，該怎麼辦』？」

要是那個時候，就算是謊言也好，我對悠宇說「那就休息到高中畢業吧」這樣的話呢？到了兩年後……「要是悠宇失去了對花卉飾品的熱情怎麼辦」？

在他身旁的我，又會變成怎樣？

如果悠宇的熱情真的消失，再也無法挽回呢？要是我那句廉價的慰藉謊言，折斷了他最後一根稻草呢？

那個時候，我突然回想起來了。

就在兩個月前，我跟悠宇絕交時的事情。

我隨便說出「要去東京」這樣的謊言，深深傷害了悠宇。而且傷到他的那個謊言，直接張牙舞爪地襲向我。

我不可能忘記那個夜晚，當時想著「要是被悠宇拋棄了該怎麼辦」，心中萬分不安。我不想再經歷那種事情了。

好可怕。

我感到很害怕。

說出口的話，就再也無法收回了。遇上人生中只有一次的機會時，為什麼都沒有正確解答呢？究竟要怎麼說，所有事情才會圓滿收場呢？

我知道「以戀愛來說」，那確實是能「得到悠宇」的一次千載難逢的機會。我不認為趁人之危是卑鄙的行為。因為，那也是策略的一環啊。在關鍵時刻還不會趁勢而為的傢伙，一輩子都不會成功。

但是，但是啊。

用那種方式得到的悠宇，「不是我想要的悠宇」。

我最喜歡的，是一心一意注視著花卉飾品的悠宇。我就是深深受到彷彿傾注了所有熱情去燃燒的彈珠，現在就要彈飛出去般的魅力所吸引。

我才不會滿足於屈居「第二」。

若非得到我最想要的，就不能算是我贏得勝利。

畢竟在遠比喜歡上他還要更久之前，牽繫起我跟悠宇的就是那份友情啊。我並不想因為喜歡上他，就精明地將那份感情隨便丟棄。

無論友情還是愛情，我全部都要。為此，我才決定要用摯友束縛住悠宇。

（但要是悠宇跑去了很遠的地方，那也沒意義了。啊啊嗚嗚嗚嗚嗚……）

我像隻毛毛蟲一樣渾身扭動著，這時哥哥卻輕聲笑了出來。

「日葵啊。『妳也漸漸明白了嘛』。」

「咦……？」

我從枕頭上抬起臉來。

哥哥面帶柔和笑容，稍微點了點頭。

「這樣就好了。妳並沒有做錯什麼事情。」

我猛地坐起身體。

「對吧！沒錯吧！就是說嘛！我沒有做錯事啊！」

「日葵，妳很煩。」

「哥哥好過分！」

哥哥冷哼了一聲才答道：

「我要妳『不准說謊』，就是要妳『對自己坦然』。尤其妳又有著會對他人察言觀色，並找出退路的壞習慣。這樣個性的人，很難『正確地支持』悠宇那樣過於老實又率直的人。雖然這不是我故意想要引導出的目的，但妳會強調自己不輸給悠宇的強悍是個好的傾向。」

「那、那麼！哥哥，你應該有什麼可以讓悠宇重振起來的方法吧？」

接下了我充滿期待的眼神。

哥哥動作明確地「搖了搖頭」。

「沒有。」

「咦……？」

我反問之後，他再次清楚地說：

「關於這次的事，沒有任何我們辦得到的地方。」

「…………」

我不禁茫然。

說真的，我也不是沒有任何盤算。哥哥最喜歡悠宇了，本來以為只要好好「拜託」一下，他就會提供協助。

但是，哥哥沒有改口。

他進到房間裡之後，在我床前蹲下。配合我視線的高度，他溫柔地輕拍了我的肩膀。

「這只能靠悠宇自己跨越了。」

這麼說著，他諄懇地解釋下去：

「創作者這種職業，終究要與自己對話。無論是就算賣不好也要貫徹自己的信念，還是屈服於流行以換取財富，最終創作者都要思考究竟『能否接受這樣的自己』，並做出最後的審判。」

他瞬間停頓了一下，並喃喃說著這種破壞氣氛的話：「……最後的審判這句話說得真好。下次在會議上用看看。」接著才又繼續說：

「這次悠宇貫徹了自己野心的結果，就是正面受到客人的惡意直擊。但這並非他運氣不好。要是想繼續走在這條路上，他遲早會遇上這個障礙。『究竟有沒有即使因為客人自作主張而玷汙了作品，也要陪笑繼續做下去的理由』？他現在正站在重新審視這件事的分歧點上。」

說完，他的手便從我肩上抽離。

緩緩站起身來，他的視線從我身上看向窗外。那副眼神像在凝視著夜空……看起來卻又像在追溯某個遙遠的記憶。

「即使如此還會繼續前進的傢伙，就會存活到最後。而且，那並非有他人的支持或安慰就能解決的問題。因為，那終究是要看透與自己對話的結果。」

接著，他再次注視著我的眼睛。

然後簡潔地問道：

「日葵。『妳能做到的是什麼』？」

雖然他這麼問了，但沒有等我做出回答就繼續說：

「即使是一項困難的決斷，妳還是有做到我給出的課題。而且，也朝著跟悠宇平等的摯友這個身分更靠近一步。這確實值得讚賞。」

「感覺好像在嘲諷我耶……」

「偶爾也坦率地接受讚美好嗎。真是的。妳這樣愛鬧彆扭的地方，真的就跟爺爺一樣。」

看我氣得鼓起臉頰，哥哥便快活地晃著肩膀笑了起來。

「日葵啊。我之前也說過了，所謂摯友，要是權力偏向其中一方就無法成立。就這點來說，你們之間的關係不誠實到令人驚訝。」

「怎樣？又要把我騙悠宇的舊帳翻出來嗎？」

「這不是在延續送榎本的妹妹回家時的那個話題。我指的應該是『就朋友關係上的權力平衡』才對。」

「…………？」

什麼意思？

就在我滿腦子疑問時，哥哥進而說明：

「那個時候我也有不著痕跡地說過才對。你們之間的關係，有著朋友及事業夥伴兩種立場。

以朋友關係來說，妳一味地依賴悠宇的溫柔，是不純粹的關係。然而『就事業夥伴來說』，我覺得是『完全相反』。」

「完全相反是什麼意思？」

「在製作飾品方面，『悠宇太過依賴日葵了』。日葵對悠宇過度保護也是原因之一，但理所當然地接受這點，就是悠宇的怠惰了……照這樣來想，咲良提出『製作戀愛飾品』的課題，可真是一招絕妙的動搖。」

哥哥露出有點……不，是相當邪惡的笑容。明明都回家了，卻還露出工作時的表情。

「人的才能就跟花一樣。要是關在一個像獨立的小世界般封閉空間裡培養，受到外部刺激時，就會脆弱到令人驚訝。不久的將來，悠宇必須經歷能夠適應環境的訓練。但為此，你們在這兩年來形成的『小世界』就會造成妨礙。」

這麼說著，他的右手緊緊握拳。

接著用左手做出揍過去破壞掉的手勢。

「妳憑著自己的意志，拒絕『再次回到那個小世界當中』。不是要重回怠惰的空間，而是提點出走向外頭的道路。重點在於不是受到我這個外在壓力的強迫，而是由妳這個企業夥伴去做。所以，我才會給予妳讚賞。」

這麼說著，他輕輕拍了拍我的頭。但從順便把我的頭髮搔得亂七八糟這點來看，哥哥的個性真的有夠差勁。

「現在，就身為朋友的關係來說，日葵已經接近對等。接下來『就輪到身為事業夥伴來說，悠宇要靠近對等的時候了』。」

這時，他用銳利的眼神凝視著我的臉。

「日葵啊。我們這次沒辦法幫助悠宇重振起來。但妳的職責不是這樣就沒事了。既然是悠宇的命運共同體（摯友），『妳能做的是什麼呢』？」

話說完之後，哥哥留下一句「晚餐要記得吃」就離開房間了。結果，我直到被媽媽罵著「妳夠了沒快來吃飯！」並踹開房門之前，都待在床上思考哥哥說的那些話。

我能替悠宇做的事情。

……在得出這項結論的時候，天上純白的朝陽，已經從薄博的雲層中透了出來。

日葵發飆之後，過了一個晚上。

隔天的星期五，平靜度過到令人吃驚的程度。日葵看起來……跟平常沒什麼兩樣。一如往常地上課，一如往常地跟同學們歡談。

跟平常不一樣的地方，就是完全不瞥我一眼。

放學後，我側眼看著正將課本收進書包裡的日葵。胃好痛。比上次吵架還要平靜這點，帶著一股莫名的壓迫感。

我悄悄做了一次深呼吸，並朝她搭話道：

「那、那個，日葵。妳現在方便嗎？」

「…………」

我還以為她會無視我，沒想到日葵也朝我這裡看了過來。

「好啊。」

我們拿著書包，走出教室。班上同學們察覺到異樣，視線紛紛從我背後刺了過來。

無意間，我們還是走向科學教室。就跟平常一樣，我拿出鑰匙開門入內。

「呃，那個……」

「…………」

我一邊壓抑著跳動得越來越快的心臟，面向日葵。

我看不太出來現在的日葵在想什麼。好像在生氣，卻又覺得跟平常沒什麼兩樣。只是無論如何，感覺都有點冷漠。

「昨天我也有不對。是我說得太過分了，我也應該聽聽日葵的意見……」

「榎榎跟咲良姊是這麼罵你的？」

唔！

馬上就被她說中了。昨天日葵衝出去之後，我被痛罵了一頓。回到家也是，咲姊察覺到之後就被她說教了一番。

「……嗯。」

「所以說，悠宇自己是怎麼想的呢？」

「不，我當然知道是我不對。心情有點煩躁也算不上是理由，我應該要好好說出日葵確實很努力地在幫助我……」

「『我指的不是那件事』。」

她語氣強硬地打斷了我說的話。

不是這件事？

我一抬起頭，便對上日葵那雙藏青色的眼睛。日葵雙手抱胸，直直注視著我。

「你接下來要不要繼續製作飾品？」

「啊……」

我的手微微顫抖。

為了壓抑下這個反應，我緊緊握住拳頭。

「……這個決定還是不變。直到高中畢業之前，我都不會再做飾品。」

「那這段期間你要做什麼？」

「做什麼？我沒有特別去想耶。只是過著一般的生活也沒差吧。可以找些興趣作為消遣，要認真念書也行。既然將來要經營店面，先學習一點那方面的知識也不會吃虧啊……」

日葵沉默地聽我說到最後。就在我講完的同時，她悄聲喃喃道：

「既然悠宇說不做，那也沒關係。」

她的表情依然沒變。

說話的口氣維持冷靜，明確地說道：

「所以，『我也不做了』。」

咦？

在我反問之前，日葵繼續說下去：

「既然悠宇不做飾品，『那我也不當你的摯友了』。我跟悠宇只是互相認識的關係，也不會再像之前那樣一起出去玩。可以吧？」

「什……！」

我連忙朝她逼近過去。

「等、等一下。沒必要這麼生氣吧？昨天我會那樣講，確實是因為怒火攻心。但那並不是我的真心話，如果有我能做的，無論什麼事情……」

「但你不會製作飾品吧？」

「是、是沒錯啦……」

日葵從口袋中拿出Yoghurppe。插上吸管，一口氣喝光。

她用手捏扁紙盒之後，直接伸手抓上領帶，把我抓了過去。

「悠宇開店的夢想，早就『也是我的夢想了』！不能只因為你的個人狀況，就擅自說『我不幹了』好嗎！」

「……唔！」

那雙藏青色的眼睛，燃燒著強烈的情感。僅僅是轉瞬間——我不禁因為那美麗的光輝而屏息。

「跟悠宇一起行動，我也覺得很開心，更想繼續當你的摯友。但是，既然那樣會踐踏我的夢想，就稱不上是命運共同體（摯友）了吧！」

日葵粗魯地甩開我的領帶。被那股力道一推，我的身體不穩地往後踉蹌一步，接著就此失去平衡，整個人跌坐在地，更順勢撞倒了椅子。

我茫然地抬頭一看，只見日葵緊咬著唇說道：

「我啊，沒辦法成為榎榎那樣只有滿心溫柔的女人。不好意思，這次『我會拋下悠宇自己走

下去』！」

重重地打開科學教室的門之後，日葵就衝出走廊了。室內拖鞋啪躂啪躂的腳步聲漸漸遠去，最終消失。

我一個人待在被留下來的科學教室裡，茫然地仰望著天花板。

「……妳自己還不是一度想要擅自放棄這個夢想。」

經過一個週末，在星期一下午的課堂上。

教古文的爺爺級老師，一邊推著眼鏡，一邊中斷了授課。

「……你們又發生了什麼事嗎～？」

他的視線正看著我跟日葵。

我們先是面面相覷，接著就各自默默地收回視線。

「不，沒事……」

「沒什麼事啊……」

爺爺級老師不知為何用微妙地質疑我們的視線看了過來。

「你們今天特別安靜呢～～平常都是吵鬧到要我警告的程度……」

「……老師。你之前也有問過一樣的話。」

見我們傻眼的樣子，老師說著：「有嗎～～」就繼續上課了。

我跟日葵面面相覷，然後又各自默默地撇開了視線。

時間到了放學後。

我側眼看著正在將課本塞進書包裡的日葵。自從那次訣別的宣言之後，總覺得我們之間就拉開一段微妙的距離。

「那個，日葵。妳今天有空嗎？我想去AEON逛逛……」

那雙藏青色的眼睛緊緊注視著我。

「啊，抱歉。我今天有事。」

她冷淡地拒絕了。

就在我想說些什麼之前，日葵就拿起書包走出教室。班上的女生開玩笑地跟她說：「妳今天也不跟搭檔一起走嗎～？」她便隨口回應：「嗯呵呵～誰教我這麼受歡迎～」

我就這樣被留在教室。

周遭投來微妙的視線刺得我痛到不行。大家應該認為又是因為我的錯而跟日葵吵架了吧……不過，也確實如此。

我逃離般離開了教室。

早已不見日葵的身影。我也到換鞋的地方看了看，但也不見她的鞋子。

（……她真的回去了啊。）

是沒差啦。

我沒有權利強制日葵的行動。既然我都說了不再做飾品，也就沒有放學後還跟那傢伙一起行動的理由。

她很受歡迎，應該是跑去跟其他朋友玩了吧。我雖然是獨自一人，但這也是與生俱來的個性……只是恢復到跟日葵一起行動之前的日子而已。

「…………」

確認周遭都沒有任何人之後，我咚地一聲捶向牆壁。

順著這個姿勢，我將額頭抵了上去，嘆了一口氣。

（……那樣也未免太冷淡了吧。）

不，我心知肚明。

是我擅自感到畏縮，並違背了兩人的約定。豈止如此，我更說了那種氣話。跟上次吵架的情形不一樣，該怎麼說呢，這次百分之百是我不對。

真的太難堪了。一心仰賴著日葵的溫柔，認為她即使如此也會跟我在一起的盤算讓我覺得自己有夠丟臉。

（看來對日葵來說，我真的只是個「做飾品的人」而已吧。）

走廊的角落設置了一個防災滅火器。我默默地在那前方蹲了下來。接著，就像平常對待花的時候一樣搭話。

「但是，這也沒辦法啊。我就是不想再做了嘛……」

滅火器的表面散發出紅色的光輝。總覺得它好像在說：「但是小哥啊，即使如此還是要做下去，才叫優雅吧？」

「我也知道。但還是有辦不到的時候啊。滅火器應該是無法理解吧……」

總覺得滅火器生氣了。它開始侃侃道來：「哎呀，在小哥眼中，我平常也就只是個派不上用場的滅火器而已啦。但要撐過平時無聊的漫漫時光也是一番辛勞……」說著這樣漫長的說教。

我連忙說起藉口：

「啊，抱歉。我不是想說滅火器的壞話……嗯嗯？」

滅火器那充滿光澤感的表面，忽然映照出一道人影。

我猛地回頭一看，只見榎本同學從頭上緊緊注視著我。

「小悠，你在做什麼？」

「…………」

咕哇啊！

這已經沒什麼好懷疑的，剛才被她看到了吧。

未免也太丟臉了。一個男高中生在對著滅火器講話的畫面，真的會讓人覺得這個傢伙是怎麼了。

我一個人懷著想死的絕望感，這時榎本同學一邊確認著周遭對我說：

「小悠。小葵呢？」

「啊。日葵說她有事先走了……」

聽我這麼說，榎本同學雙手握拳。

「那就跟我一起回家吧。」

「……好啊。」

我們一起走到停車場，牽了腳踏車。

走出學校之後，我姑且向榎本同學詢問道：

「榎本同學。妳等一下要做什麼？」

「小悠有什麼計畫嗎？」

「我本來想去AEON，但也不急。」

榎本同學的書包裡，可以看見無數包啾嚕肉泥。她的眼睛閃現了光芒。

「那我想去小悠家。」

「……好的。」

敗給她得意洋洋的表情，我不禁點頭答應。

♣ ♣ ♣

走在通勤路線的歸途上，我們一邊閒聊。

「是說，榎本同學。妳不用去管樂社沒關係嗎？妳從週末就一直陪我行動耶。」

「文化性質社團的大賽是在秋天，所以沒問題。現在只是在練習替運動社團加油的啦啦隊樂曲而已。」

「替運動社團加油？」

「要是在地區預賽晉級到決賽時，大家就會去替社團加油。今年棒球社跟網球社感覺表現滿不錯的，所以正在練習他們指定的樂曲。」

「哦——呃，但妳不去參加練習，不會被說閒話嗎？」

「社團沒有強制大家都要去加油。因為可以請公假，喜歡這樣的人會自願參加。」

「啊——原來如此。對耶，去年真木島好像也有因為比賽請過公假。」

一年級的時候我跟真木島同班，所以有點印象。那時候他還說：「只要小夏加入網球社，明年就絕對可以打進全國大賽——！」不斷邀我加入社團……如果只因為身高夠高就能打進全國大賽，那大家都不用辛苦練習了好嗎。

一邊聊著這些的時候，就抵達我家了。

進到玄關時，剛好遇上要去便利商店那邊的咲姊。

「哎呀，凜音。妳今天也來啦。」

「打、打擾了……不嫌棄的話，這個請在休息時間享用。」

她從書包裡拿出一小袋餅乾，並遞給咲姊。

咲姊說著：「哇啊～好耶！」開心地收下之後，還在榎本同學頭上來回摸了幾次。

「妳跟妳姊不一樣，是個乖孩子呢～事到如今關於看男人的眼光我就不多說了。」

「咲姊，妳快去便利商店好嗎。」

「唉，我又不是在跟你這個蠢弟弟講話。真是的，竟然變得會帶女孩子回家裡了，很了不起嘛……」

咲姊穿上鞋子，走到家門外。

在她要過個馬路去便利商店之前，忽然回頭。

「啊，客廳那個放廢棄品的箱子裡面，有因為更換商品而下架的保險套。做的時候記得要用喔～」

「咲姊！真的拜託妳快去便利商店啦！」

咲姊「嘿！」地竊笑著，這才進到便利商店。

目送她離開之後，我趕緊關上玄關的門。

「那個人真的只會多嘴而已！」

榎本同學的臉頰有些泛紅，尷尬地苦笑道：

「但我很羨慕你們感情這麼好。」

「那態度是表現給外人看的。要不是在女生面前，她還會用腳踢我耶。」

我讓榎本同學進到無人的客廳。

接著順便將應該是剛才咲姊吃完，吐司屑四散的盤子收去水槽。當我做著這些事情時，大福就從電視後方探出臉來「喵——」地叫了一聲。

「唔！」

榎本同學立刻準備好啾嚕肉泥。

大福也因為聞到啾嚕肉泥的味道而擺出狩獵的架式。

「…………」

「…………」

雙方瞪視著彼此，慢慢逼近。

「……唔！」

「……呃！」

這時，雙方氣勢鋒利地交錯！在轉瞬間攻防的最後——就只有啾嚕肉泥被華麗地奪走，大福便衝出了客廳！

「啊啊啊～～」

榎本同學不禁淚崩並跪了下來。

她一邊看著自己的雙手，在絕望的深淵中瑟瑟發抖。

「為什麼？為什麼牠都不跟我玩呢……？」

「嗯——那傢伙基本上是超喜歡跟女生玩的類型呢……」

不過，我大概可以察覺原因是什麼。面對喜歡的東西，榎本同學是會窮追猛打的類型，因此會讓牠覺得有點可怕吧。

我倒了一杯櫻桃鼠尾草紅茶，放在桌子上。

打開電視之後，剛好正在播《我的英雄學院》的廣告。這麼說來，上星期那集當中，日葵最愛的角色被打敗，讓她超不爽的。

「榎本同學，妳有想看什麼節目嗎？」

「沒有。我想玩那個。」

「真的假的？」

「嗯。我總覺得今天可以玩得很好。」

我從電視旁邊拿出ＰＳ４。接上電線並進行啟動。

打開的是之前跟榎本同學一起玩的ＦＰＳ遊戲。簡單來說，就是一種拿槍的射擊遊戲。偶爾會跟日葵連線一起玩，所以我也有買。

遊戲立刻就展開線上對戰。我們進到全世界玩家都能參加的房間。回合一開始就分成兩個陣營，在這塊區域中奔馳。

「哇、哇、哇！」

「榎本同學。妳先躲進建築物裡面比較好。」

啊，她被人從背後開了一槍，受到致命的一擊。

畫面變成一片漆黑。在復活之前，可以確認到打倒榎本同學的敵方玩家名稱。

榎本同學雙手緊緊握拳。

「記住你的名字了。下次我會贏。」

「實際上，都還沒展開戰鬥就是了……」

復活之後，我們開始找起剛才那個敵人。

「榎本同學，他在那邊！」

「嗯！」

榎本同學的突擊步槍噴出火花！

然後所有子彈全數徹底打偏！

「為、為什麼！」

「…………」

理由很明確。

因為她不斷地晃動手把啊。那樣怎麼可能打得中敵人。

究竟該跟她說呢，還是只要顧著看就好……不不不，我並沒有想鑑賞拿著手把甩來甩去時榎本同學那跟著晃動的胸部。我又不是日葵，會仔細教她的。

「榎本同學，妳要先讓準心穩定下來才行。」

「準心是什麼來著！」

「妳看，就是在看瞄準鏡的時候，不要讓畫面搖晃……」

「小悠。我不知道要怎麼弄！」

妳是我媽喔。

不，我也沒跟媽媽打過電動就是了。

不久後，這個回合結束了。

榎本同學的成績是……四擊殺十二陣亡。由於前天還是零擊殺，算是有大幅進步了。不像我剛開始玩的時候，玩了一星期都還沒有一擊殺。

榎本同學感覺心滿意足。

「小悠，玩得真開心呢。」

我迎面看著她的笑容，並點了點頭。

「對啊。」

在我笑著這麼回應之後，榎本同學感覺也很開心似的回以微笑。

新的回合開始了，榎本同學的角色在區域內奔走著。那是個像草原般的地方。中央有個大型聚落，基本上都會以那裡為中心展開戰鬥。

一邊盯著眼前的畫面，榎本同學語氣冷酷地說：

「小悠一旦說謊，馬上就看得出來呢。」

「唔……」

我嘆了一口氣。根據她剛才的說法，我進而請教道：

「請問……是哪裡做得不好呢……？」

「應該說太過清爽了吧。小悠平常態度都會再冷淡一些。」

她如此斷言。

然而這樣說確實沒錯，我也無法做出任何反駁。

「但我也不是在說謊。跟榎本同學一起打電動確實很開心。」

「不過，還是在製作飾品時，感覺比較開心。」

「那是直到上星期的事情吧。我不想都碰上那種事了，還要繼續做下去。」

榎本同學嘆了一口氣。

接著，她用帶著責備的眼神看向我。

「小悠，這是真的嗎？」

「呃，我剛才不就說了是真的……」

為什麼像是無法接受一般鼓起臉頰啊？

這個在學校裡絕對看不見的稀有表情，對準我的心頭發出銳利的一擊。雖然超可愛，但可以的話，我並不想在這個質問空間中見到。

榎本同學一邊喝著紅茶說：

「騙人。」

「怎、怎麼說？」

榎本同學「呵！」地一臉得意地說：

「如果真是心靈這麼脆弱的人，不可能有辦法跟小葵當摯友超過兩年嘛。」

「……完全無從反駁啊啊啊！」

她說得太對了，好卑鄙。

跟日葵在一起確實很開心，但她也會給我帶來同等的壓力。她在面對越是親近的對象時，就會表現出隨心所欲又自作主張的本性。只有那個日葵魔法才能將她這一面完美地隱藏起來。

所以日葵的交友圈雖然很廣，但除了我以外，都不太會與人深交。只要更進一步地相處，別人就會看穿她的本性並嫌麻煩。無論對方是男是女，就這點來說都一樣。

這個對手太難纏。

我率直地這麼想。

榎本同學是理解跟那個日葵相處本質的對手。她早就看穿我表面上的理由了。

我像是把她拒之千里般，冷淡地說：

「……這跟榎本同學無關吧。」

「有關。」

「為什麼？當然啦，都特地請妳協助販售飾品了，卻在這種狀況下結束，我也感到很過意不去……」

然而，榎本同學並不退縮。

我能從她的表情看出強烈的意志力。應該可以說是有著充沛的活力吧。總之，她看起來沒有一絲迷惘。她同樣語氣堅定地宣示：

「因為我已經決定好要成為小悠跟小葵的第一了。」

「…………」

率直的一句話。

她的雙眼中看不出有任何虛假。

為什麼呢？

為什麼會這麼純粹？

……為什麼願意為了我這種人，拚命到這種程度呢？

我不禁咬緊牙根。

不行。這麼隨便的說法，榎本同學是不會認同的。體認到這一點，我為了讓心情平靜下來，而做了一次深呼吸。

接著，我嫌棄地說：

「……煩死了。」

「咦？」

我當面瞪視著她的臉。

我的初戀對象。給了我沉迷於花卉飾品契機的人。願意陪著這樣自甘墮落的我，還費心照顧我的溫柔女生……這七年來，一直都喜歡著我的女生。

我也心知肚明。是我太幼稚了。

但是，我也別無他法。溫柔有時也會給人帶來傷痛。這種時候面對伸出的援手，就只會感到厭煩而已。

「我說妳很煩。我也知道榎本同學所說的話都很溫柔，但妳沒有權利就連我跟日葵的關係都要干涉吧。我真的很討厭妳這樣自作主張的地方。不但讓我覺得很火大，更希望妳能立刻離開。」

「…………」

榎本同學一臉茫然地看著我。

這也是理所當然。這麼溫柔以待的對象，竟然對自己說出這種話，無論是誰都會死心吧。

當我這麼想著的時候，只見榎本同學的雙手撫上臉頰。

「欸嘿。」

這麼說著，她感覺有些害羞地笑了。

（……什麼？）

看我露出傻眼的樣子，她才回過神來看向我這邊。

像是要敷衍過去一般輕咳兩聲之後，做出感覺讓人儘管放馬過來的架式。

「啊，抱歉。你話說到一半對吧。」

「不不不，妳幹嘛端正坐姿啊？而且，為什麼一副感覺很開心又害羞的樣子？」

「因為，既然小悠對我說出這麼口無遮攔的話，就讓我覺得自己更接近小葵一點了，所以才會開心。」

「這樣不太對勁吧！我覺得自己剛才說了滿過分的話耶！」

我才說完，榎本同學沒什麼大不了地說：

「可是，我馬上就能看出小悠在說謊啊。」

「……唔！」

榎本同學直直豎起食指之後，不知為何開始講評了起來。

「說穿了，你在說謊時都沒有投入情感呢，這很重要。上次跟小葵吵架時的氣勢遠遠來得厲害多了。讓人聽得出你在說真心話，怒吼出一些支離破碎的句子，反而顯得很逼真。相較之下，小悠剛才說的那些話確實符合現在這個狀況，但聽到的第一印象還是覺得有點太冷靜……」

「拜託妳不要一臉認真地指出壞話說得不好的地方！真的會害我有點想死！」

我渾身無力地靠上沙發，榎本同學就在一旁注視著我。她感覺果然沒有要乖乖回去的意思。

「…………」

「…………」

但不知為何，總覺得心情比剛才輕鬆多了。

我含著一口紅茶。櫻桃鼠尾草的香氣，有著讓人放鬆的效果。就連這種時候，這方面的知識都深植於心，真是可笑。

「……妳可以來我房間一下嗎？」

我帶著榎本同學走上二樓。

我的房門開了一道縫隙，裡頭傳來大福的叫聲。一打開門，牠就踩著慌亂的腳步穿過我身邊跑遠了。

「小悠？怎麼……了……咦？」

目睹房間的慘狀，榎本同學也不禁語塞。

房間內四處散亂著遭破壞到目不忍睹的飾品。構思著並畫出來的新款飾品設計案也都被揉成一團紙球，還從垃圾桶中滿出來，掉滿房間地板。櫃子也是敞開著，原本並排其中的花缽倒著，灑了一些土出來。

目睹眼前像是遭到強盜闖入的光景，榎本同學猛地回頭。

「該不會是貓咪……！」

「啊，不是，這跟大福沒關係。自從上星期以來就一直是這種感覺……」

這個週末，我沒讓榎本同學進到房間來。因為我不希望被她看見房間這個狀況。我從玻璃桌上拿起一個飾品，交給榎本同學。

「……這個。妳看起來像是為誰而做的？」

榎本同學看了一眼，毫無遲疑地說：

「小葵。」

「……也是呢。」

聽見這個回答，我鬆了一口氣。

要是她在這個狀況下顧慮我的心情做出其他回答，我真的會很想死。

「……那個時候，我什麼感覺也沒有。」

榎本同學一副「你在說什麼鬼話啊？」的感覺皺起眉間。

啊，原來如此。她說越是認真的時候，越會做出支離破碎的發言，就是指這種狀況啊。我一邊在腦中慎選言詞，說出了「那個時候的事」。

「我是指番紅花的飾品在我面前被破壞掉那時的事。我明明是那麼認真地構思，甚至犧牲睡眠時間去做出那個花卉飾品，然而就算它被那麼殘忍地破壞掉……我卻沒有任何感覺。」

那個時候，我回想起一件事。

同樣發生在自動販賣機前。和榎本同學重逢那時，我做的飾品也壞掉了。曇花的手環斷掉，樹脂的部分就這麼掉在走廊上。

而我只是想著「啊，大限到了」並冷漠地望著它。

我不是藝術家，而是工匠。

雖然對於飾品傾注熱情，我卻很少回顧。

……但是，「這樣不是很奇怪嗎」？

我不是機器人，而是個人類，是有感情的。在自己悉心照料下做成的飾品，都因為自作主張的惡意而遭到踐踏了，我為什麼還能那麼冷靜？

所謂作品，就像自己的小孩一樣。天底下哪有自己的小孩被人傷害，卻還不生氣的父母？可能是有啦。但以世人眼光看來，會覺得那樣的父母一定有問題。既然是自己努力培育大的孩子，一般來說會生氣也是理所當然吧？

如果我沒有這樣的情感，那我傾注在飾品之中的熱情又是什麼？這股「燃燒的熱情」本質又是什麼？既然愛的不是飾品本身，我究竟又是愛著什麼在製作飾品的呢？

「但是，當日葵代替我去對那兩個女生怒吼時，我無意間發現了……難不成『我是為了想成為日葵中意的人，才會製作飾品的嗎』？」

榎本同學不發一語。

她只是注視著我，催促我繼續說下去。

「一開始，我是想傳遞給榎本同學……而且我也喜歡漂亮的花，所以才會開始製作飾品。但自從國中那場校慶之後，我的想法大概就改變了。因為，我第一次遇到一個可以理解自己喜歡的東西的對象。」

一開始當然是這樣。

我製作了漂亮的飾品，日葵看了很開心，我也跟著感到高興，並想做出更棒的飾品。

但在不知不覺間，在我心中的優先順序卻交換了，「本來是自己喜歡製作飾品，卻成為牽繫住日葵的道具」。我不想失去第一次交到的摯友，曾幾何時，或許就因此變得想討好日葵。

……看到那個染成紫色的番紅花時，我不禁察覺這件事情。

「我跟那個破壞飾品的學妹沒什麼兩樣。為了在日葵面前展現出帥氣的一面，我並沒有否認『我的飾品可以實現戀情』這個謊言。我為了自己的面子，而將那個女生對學長的愛意當成墊腳石。」

這一點，其他客人也一樣。我把大家的心意當作墊腳石，只是在跟日葵卿卿我我而已。

當我察覺這個事實的時候，覺得自己非常噁心。

還以為自己是特別的……還以為我對日葵的這份心意，就算要犧牲他人也該貫徹到底，其實不過是天大的誤會。

好骯髒。

我的純情，竟是這麼骯髒。

我不認為這種東西值得日葵賭上人生來幫忙。即使理智上明白，我嘗過戀愛滋味的那份心意，卻還是只會戀戀不捨地不斷喊叫著日葵的名字。

儘管想甩開這樣的念頭，最近卻完全無法專心製作飾品。好不容易完成了，卻做出連榎本同學都說是「日葵的飾品」的東西。

「所以，我才會想要乾脆跟製作飾品拉開距離。未來視狀況，說不定高中畢業之後也不會再做了。就算再繼續做下去，總覺得自己無論面對飾品還是面對顧客都很不誠實。」

「…………」

聽完我的獨白，榎本同學伸手撫向我的臉頰。

「小悠……」

面對這突如其來的舉動，我的身體下意識緊繃起來。榎本同學那張漂亮的臉蛋，直直注視著我。

她的嘴唇勾起淺淺的微笑。

觸碰著我的臉頰的手，不知為何做出了奇怪的形狀。

……狐狸嗎？

就像要演皮影戲那種感覺。中指跟拇指做成一個圈，其他手指就像耳朵……嗯嗯？

啊，好像不是耶？

這不是狐狸……

「也太認真。」

她的手指毫不留情地朝著我的額頭彈下去！

「好痛！」

咦，為什麼？

為什麼要彈我額頭？而且她手指力道有夠強勁。

我不禁感到茫然時，榎本同學心滿意足地挺起胸部。一臉超得意的樣子……哦哦～看來她其實有在記恨我都會吐槽她「也太認真」。

「小悠。我覺得你把事情想得太複雜了。心態放輕鬆一點，不是比較好嗎？」

「……唔！」

這句話把我惹惱了。

她像是在擔心我，但其實並非如此。要是聽她說「心態放輕鬆比較好」就能辦到的話，我打從一開始也不用煩惱了。

這麼一想，我忍不住朝她怒吼回去。

「像榎本同學這樣面對任何事情都能勇往直前地去做的人當然是沒差！但像我這種內向的傢伙，無論如何就只會往不好的方向去思考啊！拜託妳不要對一個做不到的傢伙講大道理好嗎！」

我大喊到呼吸都喘了起來。跟剛才相比，還真的完全不一樣。不，但這不重要。總之，我不想再繼續跟榎本同學談下去了。

懷著這樣的念頭，我緊緊瞪著她……但是……

不知為何，榎本同學卻是一臉愣愣的樣子。

「你說我勇往直前？去做什麼？」

「妳、妳這樣問我……」

她反問的語氣實在太過坦率，反而是我不禁退縮。剛才還罵得那麼意氣風發，現在說話的氣勢一下子就越來越弱了。

「呃，像是還只是個高中生就很拚命地幫忙家裡的工作，也總是很努力地參與管樂社的練習。更何況，對我也總是……」

榎本同學感覺無法理解似的，嘴歪成八字形。

接著她若無其事地說：

「我每次都是心不甘情不願地在幫忙家裡的工作喔。」

「…………」

一瞬間，四下包覆在寂靜之中。就只有外頭傳來一輛小貨車駛經我家前方道路的聲音。

「咦？」

我不禁毫不矯飾地做出反問。

榎本同學感覺很自然地做出食指跟拇指的指腹輕輕貼著的手勢。

「我連這麼一點幹勁都沒有。為什麼只因為是經營者的女兒，我就要每天都被到處使喚才行？我真的無法理解。何況姊姊就能在東京過自己想過的生活，為什麼我就必須幫她善後？」

意料之外的表白，讓我陷入混亂。

榎本同學毫不介意地繼續說了下去：

「管樂社也是，我一點也不在乎。我本來就只是在朋友的邀請之下，陪朋友加入而已。所以我才會像這樣偷懶，跑來悠宇家玩電動嘛。」

「…………」

榎本同學在床上坐了下來。

她在那邊抱著膝蓋，樂得朝我這邊觀察過來。

「小悠。我之前就覺得『你對我好像有什麼誤會』。但之前聽說我是你的初戀對象時，就靈光一閃想到了。應該是小學那時的回憶，有點經過美化的關係吧。不是嗎？」
接著，她輕聲笑了笑。
這樣的表情，讓我覺得比平常還成熟了一點。
「我也是個有感情的人類喔。」
一邊這麼說，她拍了拍床上旁邊的位置。
就像是「別客氣先坐吧」的感覺。不，這裡是我家耶……但我還是會在那裡坐下就是了。
我一坐下，榎本同學就繼續說：
「我當然有討厭的事情，遇到麻煩的事情也想要偷懶。當小悠跟小葵吵架的時候，我也想著這樣就能獨占小悠實在太幸運了。但是，我希望在小悠面前表現出可愛的一面，所以才藏得很好而已。」
「呃，雖然妳這樣講，但該怎麼說呢……」
「我不管被甩多少次都不會放棄，真的就那麼不可思議嗎？」
「嗯，是啊……」
榎本同學的臉頰貼上腿，「欸嘿嘿」地溫柔地笑開了。
「因為我喜歡小悠啊。只要是跟喜歡的人在一起，做任何事情都很開心。我對電動沒什麼興趣，但我喜歡跟小悠一起玩。我一直強調自己的心意，但都會被你有點隨便地敷衍過去的互動也很喜歡。就算你的心不在我身上，光是對我做出回應，我就覺得非常高興了。」

她的臉頰泛起淡淡的緋紅。

儘管說不上原因，但我不禁覺得她現在笑起來的表情是至今最可愛的。

「在這之前的七年當中，我連喜歡的人的聲音都聽不到。小悠光是叫了我的名字，原本索然無味的世界都會變得非常耀眼。」

她一點也不害臊地說出了這樣的話。

接著，她拉了拉我的袖子。

「咦？什、什麼？」

榎本同學感覺有點不滿地伸出了手掌。感覺就像猜拳時出布那樣……啊，不，這不是那個意思。

「第五次。」

「…………」

她的眼神直直注視著我。好像有種「在說出口之前絕對不會讓你逃走」的感覺。

我只能舉白旗投降，並正面做出回應：

「很、很抱歉。」

榎本同學「欸嘿」地笑了。

……超失常。跟榎本同學聊天的時候，都會有種奇怪的感覺。雖然是跟日葵不同的類型，不禁覺得自己最後還是被她耍得團團轉。

直到剛才那種陰沉的心情，感覺好像都跟著散去了。

「但我最近覺得做點心……好像有點有趣。」

我回頭一看，她正輕輕將頭髮勾上耳後。她今天沒有戴那個鬱金香的髮飾。不知為何，這莫名讓我覺得很可惜。

「因為小悠都會說我做的餅乾好吃嘛。」

「因為我？」

榎本同學稍稍點了點頭。

「媽媽從小就對我說：『就算是壞人，也能做出好的東西。但只有心地善良的人，才能做出打動人心的東西。』」

「……是個很棒的媽媽呢。」

榎本同學揚起微笑。

「我一直以來都覺得，這個人都幾歲了還在講這種樂天的話。」

「喂。這樣有點太過分了吧。把我覺得這是一段佳話的心情還來。」

我並不想聽那種別人家族的微妙內幕。

榎本同學一點也不覺得自己哪裡不好地笑了。

「不過現在，我好像也能明白了。我做的點心可以打動小悠，媽媽也說我做的點心有變得更好吃。」

這麼說著，她一邊輕撫戴在左手腕上的曇花手環……我果然還是會感受到奇妙的視線耶。好像真的萌生自我的感覺，真可怕。

「就算只是想討小葵歡心才製作飾品也好啊。因此『順便』讓他人得到幸福當然很好，但就算『偶爾』踐踏了他人的戀情，那也不關創作者的事吧。都是高中生了還相信『百分之百會讓戀愛成真的飾品』這種話的人，才有問題啊。這就跟護身符差不多吧。」

哇啊，她說出來了……

儘管覺得傻眼，我還是忍不住笑了出來。

「榎本同學嘴巴也滿壞的呢……」

「不是你心目中那個純情的初戀對象，對不起～」

榎本同學這麼說著低頭道歉，還不禁噴笑出來。接著態度突然轉變，她感覺溫柔地說：

「就算是不做飾品的小悠，我也可以喔。要是你有其他想做的事情，我也會跟你一起做。如果這能讓小悠的心情好一點，我也覺得很開心。」

她感覺有點不安的樣子，由下往上抬起視線問：

「我跟小葵，你要選誰呢？」

「…………」

我沉默了下來。

說也奇怪。其實她並沒有講什麼特別的話。只是理所當然地說了理所當然的事情而已。

明明如此，為什麼我的心情會這麼平靜呢？

若是由其他人來說，應該也不行吧。就算是日葵對我說了一樣的話，我覺得自己大概也不會接受。

因為她是我的初戀對象嗎？

不，那也不對。

因為榎本同學沒有否認。

無論是我骯髒的一面，還是難堪的一面，她不但全都接受，還認同我。

就算撇開她是我的初戀對象，或者她是個漂亮的人等等這些魅力，她的個性依然綻放出鮮豔的色彩。這是其他人沒有的，專屬榎本同學的魅力。

「…………」

我知道要是就這樣放棄製作飾品……只注視著榎本同學的話，一定會很幸福吧。

因為，根本沒什麼好懷疑的。我和小學時在遠處的植物園認識的女生重逢了。而且多虧了曇花的飾品，我們有所交談……現在甚至能像這樣兩人獨處。

日葵說這是命運。

我也這麼想。

每當我拒絕榎本同學的告白，腦海中都會浮現「我為什麼要拒絕她啊？」的疑問。根本沒有不跟她交往的理由。

眼前有著一定會幸福的未來。

那就近在觸手可及的地方。

……但是，那裡不會有日葵。

感情這種東西，真的有夠麻煩。

明明這是人類行動的原動力，為什麼會這麼容易變化呢？如果我一直專情於對榎本同學的那份初戀，就沒有比這更幸福的事情了。

容易變化這點，真的很麻煩。

然而對日葵的這份心意，「又為什麼會如此頑固不動搖呢」？

如果感情只是個容易變化的東西，我應該也不必嘗到這麼煎熬的滋味。我絕不討厭榎本同學。在我心中，肯定也漸漸萌生足以稱作好感的情愫。

但是，即使如此我還是無法忘懷日葵的臉。

日葵戴著我做的飾品拍攝ＩＧ照片時的身影，深深烙印在我心裡揮之不去。我就是希望她能對我露出那副笑容，才會一直製作適合日葵的飾品。因為就只有在拍攝的那個瞬間，我才能當面看到日葵那純粹的笑容。

我就是想獨占日葵，才會製作飾品。越是對這個事實產生自覺，那份感情就越是根深柢固地讓我動彈不得。

國中那場校慶時，她對我說了一句話：

「我很喜歡夏目同學在製作花卉飾品時的眼神。」

有生以來，第一次遇到看出我的自我價值的人。在那之前遑論朋友，就連家人都難以理解的，我「滿心熱情唯一傾注的事物」，她卻明確地說出了「喜歡」。

天曉得那是令人多麼開心的事。

天曉得我有得到多大的救贖。

日葵對我來說，「就是鵝掌草」。

鵝掌草是山地野生的多年生草本植物。由於會在一根花莖上開兩朵白花，因此也被稱作「二輪草」。

花朵小小的，是種一點也不特別的花。要是有個全世界美麗的花齊聚一堂爭奇鬥豔的樂園，一定不會有人在當中注意到它。就是這麼平凡無奇的花。

但是，對我來說是獨一無二的花。

花語是「友情」、「協助」——以及「永不分離」。

無論經歷冰寒刺骨的雨，還是想將其吹散的風帶來的痛。

就連跨越了這些才有的在溫暖太陽底下的幸福，依然總是相伴彼此的友情之花。

我當作人生目標的夢想。

就是「跟日葵一起」開一間花卉飾品專賣店。

會做出這個選擇，一定蠢吧。

因為，想就知道了啊。只要踏出這一步，就再也沒有後路了。就算中途覺得討厭，也沒辦法放棄。無論何時都會被迫不斷往更高處的目標前進的世界根本是地獄。

即使如此，應該還是只有在那樣的地獄裡綻放的花。

實際上，我就邂逅日葵這個命運共同體（摯友）了。無論這條路有多麼艱辛，我還是覺得只要有日葵在身邊就沒問題。

……仔細想想，為什麼我平常都會忘記這麼簡單的事情呢？我越來越痛恨自己的心靈是這麼軟弱。

「榎本同學。對不起，老是讓妳這麼替我著想……」

接著，榎本同學又溫柔地笑了。

「我是自願這麼做的，別放在心上。而且我也知道自己已經晚了十圈左右。」

她這份溫柔，在我心頭留下一絲刺痛。

當我想開口說些什麼的時候，榎本同學緊緊握拳。

「不過，這樣差不多也縮短到七圈了吧！」

「超正面思考。」

那個招牌表情是怎樣？真的把氣氛破壞殆盡了耶。

「小悠。你快去道歉吧。」

「呃，現在就去道歉？」

榎本同學不斷猛點頭。接著用一副「我會陪你去」的感覺站起身來，並拍了拍裙子。

「小悠，走吧。」

「不，但日葵應該跑去跟其他朋友玩了吧？」

現在時間還沒下午六點，她可能都還沒回家吧……

當我這麼想，不知為何榎本同學好像很可憐我似的說：

「小悠。你不知道小葵放學後都在做什麼嗎？」

「……咦？」

榎本同學說著：「這樣也太誇張了。」並嘆了一口氣。

♣
♣
♣

我跟榎本同學一起回到學校的停車場。

時間差不多是傍晚六點多。因為夏天的腳步也近了，現在天還比較亮。把腳踏車停好之後，便繞到停車場的後方。

這裡有個被我棄之不顧的花壇。我跟日葵的園藝社，為了在學校種花而利用這個地方。五月跟日葵吵架過後，我就將所有花都採集完了。

在那之後，我就沒有再種花。

所以，這個花壇應該也是亂七八糟……

「咦！」

花壇竟然被照料得很整齊。

豈止如此，還有一整排恐怕是剛種下去的花苗。從葉子的形狀看來，有波斯菊、爆竹紅、金盞花……全都是跨越夏天，於秋天開的花。

究竟是誰……？

不，這種事情不用多想也知道。除了我，會來用這個花壇的就只有一個人而已。但是，我環繞四周也沒看見她的身影。

「那個～你在那邊很礙事耶～」

背後傳來這麼一句話，我嚇得回過頭看。

身穿運動服的日葵，正雙手抱著一個大大的澆花器站在眼前。在那當中，裝滿的水也跟著晃動。

日葵平常在做園藝工作時，都是這樣的打扮。就連把毛巾掛在脖子上，並戴著一頂草帽的務農奶奶裝扮，在這傢伙的美少女濾鏡下，看起來都像是偶像雜誌在拍攝各行各業的體驗一樣，真是很了不起。

現在日葵的臉上被汗水跟泥汙弄得髒兮兮的。她散發出某種鬼神般嚇人的氣魄，平常總是很澄澈的藏青色雙眼，現在也顯得陰沉又汙濁。

「呃，日葵。這是怎麼回事？」

「不。我總不能對一個局外人說。」

「什麼局外人……我姑且有向妳道歉了吧。」

「即使如此，既然不做飾品，依然算是局外人啊。」

「不然妳是要我怎麼做嘛！」

「你會這樣問我，就代表你太依賴我了。想要我原諒你的話，先讓我看看你的誠意再說吧，拿出誠意來啊。」

「誠、誠意……？」

在我感到困惑時，日葵的眼睛亮了一下。

「我想想～總之先定下『感謝日葵大人之日』吧～？訂定每個月一次，無論我說什麼悠宇都要乖乖聽從的日子……」

……嗯嗯？

榎本同學繞到日葵背後。先是把她頭上戴著的草帽拍下來，接著就朝她的後腦勺使出一記鐵爪功！

「好痛痛痛……！榎榎，為什麼啊？我又沒有做錯事！」

「小葵。在那之前，妳應該有話要先對小悠說吧。」

「……嘖！不要帶著保鑣來啊……」

她感覺很厭惡地嘖了一聲。

日葵一副超——尷尬的樣子，把澆花器遞了過來。

「……我有件事沒跟悠宇說。」

「我？什麼事？」

日葵朝著榎本同學瞥了一眼。

榎本同學的右手一做出鐵爪功的姿勢，她就死心地說著：「好、好啦……」並再次面向我。

「我……那個……」

她接著感覺很尷尬地對我低頭。

「之前騙你說要去東京……對不起……！」

「………」

日葵道歉了。

我感覺很意外地看著她。畢竟是日葵，還以為她會就這樣當作什麼事都沒發生。

因為這樣，我也有點冷靜下來了。

說真的，我不能只責備日葵。實際上那件事我也有錯。要是站在相反的立場，我說不定也會做出一樣的事。

不，應該說，拿摯友這樣的關係當作盾牌，還想默默跟著她去東京的我，也夠差勁了。

這麼一想，我們還真的是半斤八兩。

「沒差啦。不管那是真的還假的，對我來說日葵都一樣是最重要的人。」

「………」

日葵緊緊注視著我。

才想說那雙藏青色的眼睛好像泛了點淚光……

「嗚呀啊！」

沒想到她突然就從我身上把澆花器搶走，並直接把水往自己頭上倒下去！

「日葵！妳在幹嘛啊？」

日葵一邊玩弄著變得濕答答的瀏海，一邊撇頭看向另一邊。

「沒有啊，沒事。」

「會有人沒事潑自己水嗎！」

「吵死了啦～！就說了我也不是為了想遮掩快要哭出來的樣子啊！」

「誰也沒有過度解讀到那種程度！」

榎本同學連忙說著：「我去拿毛巾來！」就往校舍跑去。

突然變成我們兩人獨處，也讓我覺得有點尷尬。

我苦惱著究竟該說些什麼……應該說，要對一個突然拿澆花器朝自己倒水的女生說什麼啊？

這狀況在一段人生當中，未免也太罕見了吧？

總之，在我這樣苦惱的時候，日葵開口說：

「我知道發生那種事情之後，還要悠宇製作飾品會很痛苦。即使如此，我還是很喜歡看著悠宇製作飾品的樣子。世界第一喜歡。」

滴答滴答地，一顆顆透明的水珠從日葵的髮尾落下。日葵也沒有想要擦掉的意思，就這麼注視著我。

「所以，要是你又想動手製作了，就隨時跟我說吧。我會一直在這裡等你。」

「咦……」

聽她這麼說，我總算發現了。

她將這個花壇照料得這麼整齊，就連花苗跟種子都做足要好好培育準備的原因。

「我會好好保護住這個讓悠宇隨時都可以回來的地方。因為我們是命運共同體（摯友）嘛。」

她這麼說著，就伸手撫向脖子上的頸飾，並珍惜地握住那個用透明樹脂做出來的「摯友」戒指。

「這就是我對於『這個』給出的回答。」

說完，日葵感覺有些害羞地笑了。

……我從小就喜歡美麗的東西。

像是在雨停之後散發閃耀光輝的彩虹、描寫少年們友情的青春電影之類……或是小學生時期深深吸引我的那些花。

還有，第一次給予我友情的摯友等等。

從國中那時開始，日葵越是美麗，我就會覺得自己越可悲。現在也一樣。我並不是值得她這麼犧牲奉獻的那種好人。

即使如此，日葵還是說我是她最重要的人……那麼，倒不如乾脆連同那份骯髒的自卑感，都一起吞入腹中承認這一切就好了。

「……我會說想要暫時不碰飾品，其實不是因為飾品被弄壞的關係。」

「咦？」

為了逃離她的視線，我不禁移開目光。

伸手遮著嘴邊，我有些含糊地據實招來。

「我發現自己一直以來都是為了討日葵歡心，才會製作飾品。因此對我的顧客感到很過意不去，才想要一點時間讓自己冷靜一下……結果卻自亂陣腳，對不起！」

「…………」

日葵一臉呆愣的樣子直直注視著我。

我轉過身背對這種尷尬的感覺。但她又立刻繞到我前面，跟我對上視線。不不不，妳是在做什麼啊？當我想再次背對她，就被她狂拍打我的肩膀而壓制了下來。

日葵接著就爆笑出聲。

「噗哈啊啊啊啊啊啊啊啊啊啊！」

日葵就這樣對我迎面露出燦爛的笑容，還一邊很有節奏感地拍打著我的臉頰，又或是摸著我的頭。

「哎呀～真的拿悠宇沒輒耶～你就是太喜歡我了嘛～既然你都說到這個地步，我也只能原諒你了啊～哎呀哎呀，其實日葵美眉也不是這點程度就會隨便上鉤的喔，畢竟我可是受神喜愛的美少女嘛～對悠宇來說是個高攀的對象，不過既然悠宇想跟我重修舊好到這種程度，我也只好答應啦～」

「妳話還真多啊！」

「話當然多啊！不如說在這個狀況下怎麼可能保持沉默啊。就算是我也會害羞到死好嗎！」

「這點我也是完全同意啦！但該怎麼說，還是要看一下氣氛吧！」

兩人都滿臉通紅。

「喝啊！」日葵喊完就朝我的肩膀撞了過來。接著用兩隻手臂纏上我，抬起眼神露出微笑。

她的嘴唇貼近我耳邊，用平常那種感覺，悄聲喃喃說道：

「不然乾脆真的跟我交往好了？」

「………」

我注視著日葵漂亮的笑容。

要不是有這種似是而非的惡作劇，是不是就能坦率地說出我的心意了呢？不，還是不行吧。

因為我還沒回應日葵的任何期待。

「我絕對不要跟日葵交往！」

聽我這麼怒吼，「噗哈——！」日葵爆笑出來的聲音，響徹了梅雨季結束前的陰天。

我的純情不一定美麗。

但是，要說自己這樣的感情就是「醜陋」並且捨棄，也還太早了吧。

無論是多麼骯髒的獨占欲，只要承認並繼續培養下去，或許總有一天也會在地獄綻放出美麗的花。

◆◆◆◆◆

Epilogue ── 夏日使者

從老家搭一小時左右的特快列車會抵達這個地方機場。

我在冷氣很涼爽的出入境大廳，吃著從小吃櫃位買的裝了滿滿芒果的冰淇淋。

（……我為什麼要在週末做這種僕人般的事情啊？）

當我在內心抱怨的時候，背後傳來一道給人輕飄飄印象的女性聲音。

「咦咦～～？來的是真木島家的弟弟啊～～？」

那是個容貌極為漂亮的女人。有著一頭燙了大波浪捲的豐沛長髮，以及像顆光滑鵝蛋般的小臉。眼睛大鼻子又挺，散發出宛如人偶般的感覺。

名字叫榎本紅葉。她拿下太陽眼鏡，稍微歪了個頭。

「我還以為會是阿秀來接我耶～～？」

「大哥可是施主的偶像，所以很忙啊。我來幫妳拿行李，還請見諒。」

那個女性「呵呵呵」地惡作劇般笑了笑。

「當然好啊～～！很有男生的感覺呢～～麻煩你囉～～♪」

◆◆◆◆◆

……還是一樣那副完美的笑容。完美過頭，甚至讓人感受不到體溫。

「妳幹嘛……為什麼突然回來了呢？妳不是很討厭老家嗎？」

「沒有啦，也不是什麼大事～～」

紅葉姊感覺很開心地拍響雙手。

「我得稍微『教訓♡』一下害我顏面盡失的學妹呀～～」

這是一如我先前預料的回答。

「星探找上日葵的事情，果然跟紅葉姊有關啊……」

「當然～～我都特地說服各個高層，經紀公司也做好迎接她的準備了，她卻突然說『我還是不去了～』嘛。我可是非常生氣喔～～」

「但我沒聽說她有簽下正式的合約啊？」

「呵呵呵。是沒有簽合約啦～～但即使非正式，違背跟大人說好的約定，也不可能一句『是喔』就能讓事情圓滿落幕吧～～？」

聽她這麼說，我不禁揚起嘴角。

還真沒想到事情竟然會一如我的預料，發展到這種程度。

「紅葉姊，妳接下來想做的事，也可以讓我摻一腳嗎？」

紅葉姊一點也不感到驚訝的樣子，只是淺淺勾起了可愛的微笑。

後記

為誰而成事。

……這是說來簡單，但其實還滿困難的一件事呢。七菜是個骯髒透頂的大人，所以劈頭就會答上一句「為了版稅大大」，但七菜覺得像悠宇這樣的孩子，可能就連說是為了自己都會覺得內疚吧。

※這傢伙連續兩集都只在說版稅的事情耶。

就是這樣，我是七菜。

真的非常感謝各位在本集也閱讀至此。

今年一月發行了第一集之後（註：此指日文版發售時間），想必在讀者們之間形成一股將本作借給心儀異性做迂迴告白，名為男女友情告白的流行趨勢……咦，沒有流行這種事？呃，這樣啊……總之，在上一集發行之後，在Twitter之類的地方收到非常多感想（實際上好像真的有推薦本作給異性朋友的勇者呢）。

而且沒想到感想全都是非——常熱情的內容！

其實出版社在Twitter上有舉辦一個男女友情的感想宣傳活動。這個活動的選拔十分艱難。每一則感想都超棒的，根本選不出來啊……

有人在發行日當天的中午前就立刻送來感想，或是買了日葵愛喝的Yoghurppe，更收到有讀者表示這是第一次寫下輕小說的感想，還有強人所難地說「請每秒出版後續」等等……真的全都是相當熱情的推文。

而且多虧各位讀者的支持，這個系列也得以更上一層樓的形式呈現給大家。目前已經確定再刷並改編漫畫版了。非常感謝各位。關於後者各方面的情報，應該會在本集出版的時候一併公開，敬請期待（註：此指日文版出版狀況）。

最後是謝辭。

責編K大人、負責插畫的Parum老師，還有參與製作與販售的各方人士……本集也受到各位諸多照顧了。大家應該會覺得「既然這樣想，那下次就認真點啊」。沒錯，說得很對（給各位添

了很多麻煩……）。

那麼，期待有一天與各位再次見面。

2021年3月　七菜なな

後記
第二集也是
由我負責插畫。
請各位多多指教！

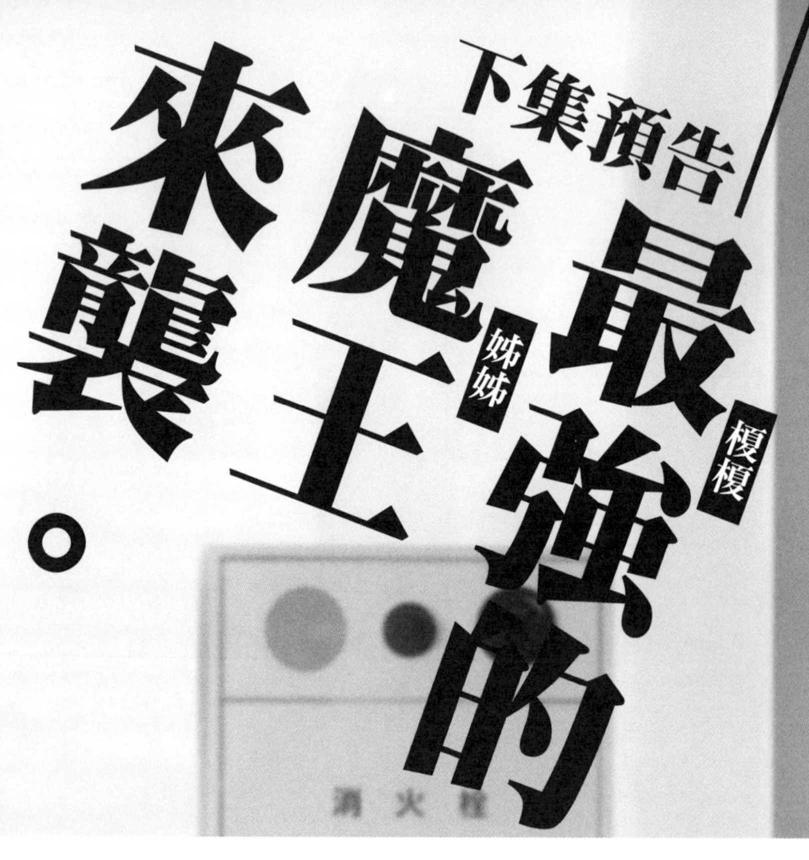

「我直～～接來把日葵挖角去我們的經紀公司～～♪」

「榎本學姊，我不是已經拒絕了！」

「我的原則就是絕對不讓想要的東西逃走嘛～～

跟我一起以世界舞台為目標吧～～♪」

「我絕對不要去東京！哥哥救我……喂，不要逃跑啊——！」

「姊姊！像小葵這種任性的女生，只會給經紀公司添麻煩而已！」

「榎榎好過分！」

聰明伶俐的她，這時將目標鎖定在悠宇身上。

「『永不分離』什麼的，太自我中心了啦～～

只為了悠悠的自私自利就要隱沒日葵的才能，這樣真的能算是摯友嗎～～？」

「……唔！」

面對眼前最大的威脅，越是心繫著彼此就纏得越緊的摯友鎖鏈——

「未來的夢想跟現在的戀情……
我們究竟該為哪一個而活呢？」

——已經不是道歉就能原諒了。牽動摯友們命運的夏天揭開序幕！——

七菜なな
插畫：Parum

男女之間存在純友情嗎？

不，不存在！

Flag 3.

敬請期待！

漫畫版於月刊漫畫《電擊大王》
2021年夏天開始連載!!

祝!!
《男女友情》
第2集!
漫畫化
《四疊半開拓日記》
原作　七菜なな
角色原案
はてなときのこ
漫畫　春日水那
2021年夏天起
於《電擊大王》開始連載！

三角的距離無限趨近零 1~7 待續

作者：岬鷺宮　插畫：Hiten

我愛上的那個女孩體內住著兩個靈魂——
與雙重人格少女譜出的三角戀愛故事。

在跟秋玻與春珂談戀愛的過程中，我變得搞不懂「自己」了。春假期間，她們在旁邊支持我，陪我一起找尋自我。而人格對調時間逐漸縮短的她們同樣到了該面對自己的時候。跟雙重人格少女共度的一年結束，我得知走向終點的「她們」最後的心願——

各 **NT$200~220/HK$67~73**

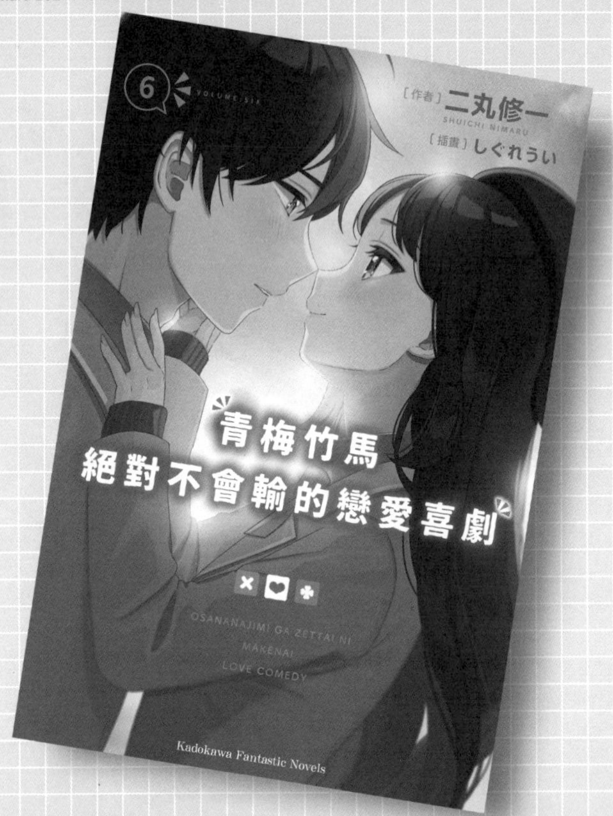

青梅竹馬絕對不會輸的戀愛喜劇 1~6 待續

作者：二丸修一　插畫：しぐれうい

群青同盟將在大學校慶表演話劇，
與當紅頂尖偶像雛菊一較高下！

　　群青同盟接到在大學校慶登台表演的委託，演出劇碼為《人魚公主》。由真理愛飾演女主角，黑羽和白草也同台飆戲。而赫迪．瞬接到消息，帶著頂尖偶像雛菊一同出現。這時，真理愛的父母在她面前現身，身懷隱憂的真理愛跟雛菊引爆演員之爭！

各 **NT$200~240/HK$67~80**

除了我之外，你不准和別人上演愛情喜劇 1~2 待續

作者：羽場楽人　插畫：イコモチ

小惡魔系學妹半路殺出對我告白!?
以告白揭開序幕的戀愛喜劇戰線第二集登場！

我與完美無缺的優秀美少女有坂夜華的祕密關係，正式轉為公認。但這不過是新騷動的序幕！我與從國中時代起就與我很熟的囂張學妹幸波紗夕重逢，她卻對我說：「希學長，我喜歡你。請跟我交往。」以告白揭開序幕的戀愛喜劇戰線第二集！

各 **NT$200/HK$67**

國家圖書館出版品預行編目資料

男女之間存在純友情嗎?(不,不存在!). Flag 2, 不然乾脆真的跟我交往好了?/七菜なな作 ; 黛西譯. -- 初版. -- 臺北市 : 臺灣角川股份有限公司, 2022.06

面 ; 公分. -- (Kadokawa fantastic novels)

譯自 : 男女の友情は成立する?(いや、しないっ!!). Flag 2., じゃあ、ほんとにアタシと付き合っちゃう?

ISBN 978-626-321-529-0(平裝)

861.57 111005657

Kadokawa
Fantastic
Novels

男女之間存在純友情嗎？（不，不存在！）

Flag 2. 不然乾脆真的跟我交往好了？

（原著名：男女の友情は成立する？（いや、しないっ!!）Flag 2. じゃあ、ほんとにアタシと付き合っちゃう？）

2022年6月27日　初版第1刷發行
2023年6月7日　初版第3刷發行

作　　者：七菜なな
插　　畫：Parum
譯　　者：黛西

發 行 人：岩崎剛人
總 編 輯：蔡佩芬
副 主 編：楊鎮遠
美術設計：宋芳茹
印　　務：李明修（主任）、張加恩（主任）、張凱棋

發 行 所：台灣角川股份有限公司
地　　址：104台北市中山區松江路223號3樓
電　　話：（02）2515-3000
傳　　真：（02）2515-0033
網　　址：www.kadokawa.com.tw
劃撥帳戶：台灣角川股份有限公司
劃撥帳號：19487412
法律顧問：有澤法律事務所
製　　版：巨茂科技印刷有限公司
ＩＳＢＮ：978-626-321-529-0

DANJO NO YUJO HA SEIRITSUSURU?（IYA、SHINAI!!）
Flag 2. JA, HONTO NI ATASHI TO TSUKIATCHAU?

Edited by 電撃文庫
First published in Japan in 2021 by KADOKAWA CORPORATION, Tokyo.
Complex Chinese translation rights arranged with KADOKAWA CORPORATION, Tokyo.